ハヤカワ文庫 SF

〈SF1860〉

宇宙英雄ローダン・シリーズ〈428〉

精神スペクトル

エルンスト・ヴルチェク＆H・G・エーヴェルス

青山 茜訳

JN266798

早川書房

7037

PERRY RHODAN
SPEKTRUM DES GEISTES
TREFFPUNKT TOTENWELT
by
Ernst Vlcek
H. G. Ewers

Translated by
Akane Aoyama
First published 2012 in Japan by
HAYAKAWA PUBLISHING, INC.
This book is published in Japan by
arrangement with
PABEL-MOEWIG VERLAG GMBH
through JAPAN UNI AGENCY, INC., TOKYO.

目次

精神スペクトル

精神スペクトル

エルンスト・ヴルチェク

登場人物

ボイト・マルゴル……………ミュータント。ガイア人
ブラン・ホワツァー…………過去センサー。ガイア人
ダン・ヴァピド………………天気人間。ガイア人
エアウィ・テル・ゲダン……リレー。ガイア人
ハルツェル・コルド…………ボイト・マルゴルの父。ヴィンクラン人
ヴィルナ・マルロイ…………ボイト・マルゴルの母。ガイア人
ヴィク・ロンバード…………ヴィルナ・マルロイの友
ホルヘ・ベロン………………ヴィルナ・マルロイの隣人
ガリノルグ……………………ヴィンクラン人
シラ……………………………環境心理学者
ブリニッツァー………………ツォッター

プロローグ　三五八六年一月

男は狩りたてられた野獣のごとく駆けこむと、うしろ手で入口の扉を閉めた。血の気《ちけ》のない蒼白な顔。ぐったりとわきの壁に背をあずけ、そのまま床にくずおれる。

そのとき、女が長い通廊にあらわれ、歩きながら白衣をはおった。物音で目ざめ、個室が完備された自分の診療所から出てきたのだ。男は女に気づいていないようだ。たとえ無意識でも女の姿を認めたとすれば、褐色の肌に漂う魅力にあらがえないだろう。

男は助けをもとめてここに逃げこんできたのだ。

女は床にくずおれた男を見て、一瞬、足をとめる。だが、すぐに駆けより、痛々しい声をあげる男のかたわらにひざまずいた。男は子供じみたすすり泣きの合間に、空気をもとめてしゃくりあげる。現実を乗りこえられない自身の無力さに気づいた駄々っ子のような顔をしていた。

男がおちつき話ができるようになるまで、女は待った。彼女は環境心理学者で、任務はさまざまな惑星から地球にやってくる人類を新しい環境に順応させること。とほうにくれた人々がかかる神経症や恐怖症の治療にあたっている。男もこうした移住者のひとりだが、女にとっては特別な対象だった。

ようやく男が口を開く。

「やつらに追われた。どうやら、罠にはめられたらしい。どうやって居場所を知ったのかわからないが、わたしを見つけて狩りたてたのだ。しかも、殺す気でいる。でも、〝パラテンダー〟たちがやつらの目をそらしてくれたおかげで、ここにこられた。心配するな、シラ、わたしがここにいることは、ばれないから」

男は大きな目でうっとりと女を見つめる。女は思わず男を優しく抱きしめたくなり、「ゆっくり休まなくては。さ、こちらに」

男は導かれるまま部屋にはいり、まだ女のぬくもりがのこる柔らかなベッドに寝かされた。

「すぐに回復する。シラ、あっというまだよ。きみがいれば、すぐに元気になれる」

女が身をひこうとするのを優しく抱きしめ、

「きみは〝彼女〟によく似ている。いまはじめて気づいたが、そっくりなところがたくさんある」

「だれのことをいっているの？」

「話さなかったか？」

男は眉根をよせ、そっけないふうに頭を振ると、心地いい声で朗々と話しはじめる。けっして情熱のこもった語り口ではないものの、女の心を虜《とりこ》にした。

「彼女はガイア人で、名をヴィルナ・マルロイという。宇宙航行中、多忙な日々を送っていた。銀河系からの避難民をプロヴコン・ファウストに運ぶ宇宙船に乗っていたのだ。彼女の任務はきみの任務によく似ていた、シラ。つまり、航行中に避難民の面倒をみることだ。なぐさめを求められればはげましてやり、かれらが新しい故郷に順応できるよう……」

三四九一年　ヴィルナ・マルロイ

1

《グルスメス》の艦内は人であふれかえっていた。ヴィルナ・マルロイは避難民たちをかきわけて進むしかない。男に女に子供、数えきれないほどの家族や一族郎党が、軽巡洋艦のすみずみにまでつめこまれている。

ヴィルナは避難民ヘルパーの制服を身につけているため、歩を進めるのは困難をきわめた。四方八方からきびしい問いが投げつけられ、彼女をつかもうと無数の腕がつきだされるのだ。

目的地に到着したのか？　あらたな故郷ガイアには、いったいいつ降りたてるのだ？　いつまで動物みたいな暮らしを強いられるのか？　わたしの息子、わたしの妻、わたしの夫は避難民のなかにいるのか？　かれらの消息を知らないか？　いま、いったいどのあたりにいるんだ？　ラール人の脅威は？

「艦長の発表に注目してください」と、ヴィルナ・マルロイは応じ、「暗黒星雲に突入するのはもうすぐでしょう」

暗黒星雲とは？　どこにあるのだ？　銀河イーストサイドなのか？　反対側か？　それとも銀河の中心か？

ヴィルナが答えることを許されない問いばかりが、次々に投げつけられる。暗黒星雲にはいる前に詳細を洩らしてはならない。それは鉄の掟であった。

避難民のなかには深刻に考えない者もいる。かれらはパンクレーターでかなりの辛酸を舐《な》めてきた。超重族から過酷な労働を強いられ、圧制者に戦いを挑んだのち、長きにわたって包囲攻撃され、希望と恐怖のあいだで日々をすごし、ついに、ほっと息をつけるときがやってきた。待ちこがれていた救援の手を《グルスメス》がもたらしたのだ。

だが避難民からすれば、これは未知世界への旅にほかならない。旅が長期化すればそれだけ不満がつのる。ヴィルナは最大限かれらを安心させようとつとめた。彼女の友のなかにはやりすぎだという者もいる。犠牲心のあまり自分自身も消耗していたのだ。

ヴィルナは艦の深奥部にある環状通廊になんとか到達した。そこに、人の群れをかきわけ、ロボット二体をしたがえて男がひとりあらわれた。首席将校のヴィク・ロンバードだ。ヴィルナは疲れきったからだを男の腕にあずけた。

「どいてくれ！」ヴィクは喧噪《けんそう》に負けじと声をはりあげ、「道を開けてくれないか。いまかあなたがたをロボットの保護下に置く。なんなりとロボットにたのんでくれ」

ヴィクは大声をあげる群衆を無視するが、ヴィルナには人々の声がいくつか聞きとれた。暗黒星雲を通過することに危険はないのか。真空案内人は信頼できるのか。彼女はこうした疑問に答えて人々の不安を解消してやりたかったが、ヴィクにせかされ、司令室に通じるハッチにはいった。騒然とした通廊にくらべると、そこにはおごそかな静寂が漂っている。

「きみはやりすぎだ、ヴィルナ」と、ヴィクは彼女の腰に腕をまわしたまま、「避難民ひとりひとりの運命にかかわろうとすれば、自分の身がもたないぞ」

「すぐによくなるわ。すこし休んだら、任務にもどります」

「だめだ」ヴィクはきっぱりといった。三十二歳、長身で筋骨隆々のガイア人で、生まれながらの戦士だ。パンクレーターで超重族の総攻撃にあったさい、罪なき人々が命びろいをしたのは、ヴィクの英雄的な働きのおかげだった。「もう、きみを暴徒のなかに行かせるわけにはいかない。司令室にいてくれ」

「でも……」ヴィルナはヴィクの有無《うむ》をいわせぬ視線にぶつかり、沈黙した。

「ヴィルナ、なぜ、つまらないことに力をいれるのだ？　なぜ、その感情をたったひとりの人間に向けてくれないのだ？　そうすれば、きみの存在はずっと大きなものになるし、きみ自身のためにもなるだろう」

ヴィルナは無言で肩をすくめた。

「苦労の多い旅が終わったら、しばらく骨休めをすることだ」と、ヴィクはつづけ、「休暇をとれるようにはからおう。どうだね、わたしといっしょにヴァカンスは？」

「考えてみるわ、ヴィク」ヴィルナは身をはなすと、「でも、まず《グルスメス》が安全圏にはいってからでないと」

「艦も自分で操縦するつもりか？」ヴィクが思わせぶりにたずねると、ヴィルナは笑った。かれは真顔にもどり、「われわれ、進入飛行ポジションにはいり、すでに真空案内人を要請した。だが、きみも知るとおり、ヴィンクラン人は恩きせがましい種族だ」

ヴィルナは避難民支援の任務にあたった二年間に、二十回以上の実践航行に参加し、この《グルスメス》での任務も四回を数える。暗黒星雲を通過するさいには、当然ながら真空案内人と接触してきた。しかし、おかげでヴィンクラン人と親しくなったとまではいえない。雑談に誘ってみたこともあるが、そのたびに、かれらが距離を置こうとする種族だということを思い知らされた。

真空案内人は暗黒星雲に出入りするために雇われるが、ヴィルナがそのシステムについて考えてみたことはない。宇宙船が危険きわまりない暗黒星雲内を通過するさいは、案内人としていつでもヴィンクラン人がいる。それがわかっているだけで充分だ。

それは今回も同じ。しかるべき待ち時間がすぎると、《グルスメス》をプロヴコン・

ファウストに誘導するヴィンクラン人がテレカムを通じて接触してきた。その真空案内人の名を聞くと、ヴィク・ロンバードはわずかにとりみだしたもの。

「よりによってハルツェル・コルドとは。残念ながら、われわれのほうで真空案内人を選ぶことはできないんだ。そんなことをすれば、ヴィンクラン人はわれわれをボイコットするだろう」

「ハルツェル・コルドは信頼できないと？」ヴィルナがたずねた。

「そういうことじゃない。生ける伝説といわれる男なのだ。かれほど知られたヴィンクラン人はいないのに、そのくせ謎めいた男だ。世捨て人でありながら、コスモポリタン。ヴィンクラン生まれではなく、プロヴコン・ファウストの荒れ狂う暗黒星雲で生まれたという噂もある」

「たしかに謎めいた話ね。でも、それだけでは、あなたがそれほど能力のある男を評価しない理由にはならないけれど」

「かれはわたしにとって不気味な存在なのだ」驚いたことに、ヴィクはいった。「昔、接触したことがあるが、なんとも奇妙な雰囲気で……」と、かぶりを振り、「どう表現していいかわからないな。そばにいるだけで身の毛もよだつ思いがしたことしか、いまとなっては思いだせない。のちに耳にしたところでは、プロヴコン・ファウストの絶滅した種族が持っていた魔術や秘技にひそかに通じているそうだ。でも、きみは自分の目で、どんな男か見るといい。すぐに司令室に到着するはずだから」

＊

その男は司令室に足を踏みいれると、まず目だけをヴィルナに向けた。しかし、その目はなにも語ってはいない。やがて、あらためて彼女のほうに向き、近づいてくる。

ヴィルナは状況の異様さにまったく気づかなかった。しばらくしてようやく、まずは艦長に挨拶するのが常識ではないかと思いあたる。

しかし、せっかくの機会を利用して男を観察することにした。ヴィクに聞かされた話が頭をよぎる。それでも、このヴィンクラン人に不気味さは感じなかった。そばにいると、そこはかとなく心が揺さぶられる気がするだけで。

身長二メートル、端正な顔だち。ヴィンクラン人らしい、すらりとした体軀《たいく》とアルビノ特有の白い肌の持ち主だ。均整のとれた顔は印象が薄いというわけではない。じっくり眺めれば、その表情の奥にメランコリックな色をたたえているとわかる。きっと孤独な男なのだろう。

男はヴィルナの前で立ちどまると、しずかだが明瞭な声でいった。

「わたしの名はハルツェル・コルド、真空案内人です。この船を確実にプロヴコン・ファウストに導いてさしあげましょう。わたしのマントをおかけしましょうか？　はおってくだされば、あなただけのために《グルスメス》を操縦します」

ヴィルナはひと言も発することができず、ただうなずいた。かつて真空案内人がこれほどの敬意を、ガイアの女性に……すくなくとも一乗員にはらったという話は耳にしたことがない。

ハルツェル・コルドは奇妙な柄のマントを脱ぐと、ヴィルナの華奢《きゃしゃ》な肩にそっとかけた。マントは見知らぬ模様やシンボルですみずみまで埋めつくされている。ハルツェル・コルドがその下に着用していたのは、たっぷりとしたドレープのあるヴィンクランの装束だ。

ヴィンクラン人はヴィルナに会釈してから、ネルコン艦長がいらいらとして待つ司令コンソールに向かった。

ヴィルナのわきに立つヴィク・ロンバードが小声で、

「気にいらないな。どういうつもりで、あの男はこんな見せ物を演じるのだろうか。マントなんか身につけないほうがいいぞ、ヴィルナ」

ヴィルナが答える前に、ヴィクは持ち場につくよう艦長に呼ばれる。ハルツェル・コルドが即刻スタートすることを主張したのだ。ちょうどいま、スタートするには好都合らしい。

プロヴコン・ファウストは直径が五光年ほど。といっても、内部は空虚で、強烈なハイパーエネルギーをはなつ星間物質でできた球型の外殻があるだけだ。もっとも、この宇宙塵で構成されるカバーが暗黒星雲の本質である。つねに高密度に凝縮されているだけでなく、カバー全体が絶え間ない動きを呈《てい》している。動く速度は塵の層ごとに異なり、予測のつかない乱れや、手に負えないハイパーエネルギーの放出をひきおこす。最強のHÜバリアですら、そこまでの威力は発揮できない。

しかし、暗黒星雲は見た目ほど通過不能なわけではない。ほとんど塵が存在しない宙域がくりかえし形成されるのだ。それは、粒子やエネルギー・フィールドでできた致命的な混沌のなかに、曲がりくねった小道のごとく出現する。もちろん、この小道もつねに姿を変える。幅がひろがったり、せばまったり、いきなり閉塞したりするのである。

この唐突な変化を予測する能力を持つのは、ヴィンクラン人の案内人だけだ。最新機器が機能しない場合も、かれらだけは信頼できた。

ヴィルナは一度だけ、航行記録装置に表示された飛行ルートのダイアグラムを目にしたことがある。絡みあうラインを眺めていると、目眩《めまい》をおぼえたもの。それは直線とはほど遠く、一瞬まっすぐになったとしてもすぐジグザグに折れ、らせんや曲がりくねったラインが交差し、重なり、まるで子供のいたずら書きのようだった。

ヴィンクラン人の仕事の作法はさまざまだ。口頭でコースを指示する者もいれば、人類の技術を使うことに慣れ、コース修正をポジトロニクスに転送する者もいた。

しかし、ハルツェル・コルドはそのどちらでもない。自身が所持する、キイボードがついた、てのひら大の薄型ディスプレイ・ユニットをポジトロニクスに接続し、巧みに操るのだ。それは、まるで名人芸である。

《グルスメス》がスタート。全周スクリーンには、艦が宇宙塵の希薄な隙間を縫って暗黒星雲に進入していく光景がうつしだされる。ほかのスクリーンでは、うしろに飛びさる恒星がかすんでいくのが確認できた。宇宙塵がますます凝縮されて艦に押しよせ、いくつもの星の輝きをのみこむと、《グルスメス》は完璧な闇につつまれる。司令室の乗員たちもしばらくは位置データによって方向を定めることができたが、やがてハイパーエネルギー渦に見舞われ、機器類は機能不全におちいった。

ハルツェル・コルドの出番である。

ヴィルナはヴィンクラン人を見つめた。背筋を伸ばして成型シートにすわっている。インジケーターの光がつるつるの頭蓋に反射し、上半身は不動だ。腕だけが動き、指がキイボードの上を猛烈な勢いで行き来する。

目はつねに閉じているが、一度だけ振りかえってヴィルナに視線をやった。そのときも指はひとりでに動き、キイボードの上で踊っていたもの。

ヴィルナは見つめかえしたが、ヴィンクラン人の視線に長くは耐えられない。その目には、心をかきみだし、未知の不安を呼びさますなにかが宿っていた。わたしはなににおびえているのだろうか？　心の奥に耳を澄ませると、警告を発する内なる声が聞こえるようだ。

ばかばかしい。

自問自答をくりかえしていると、ハルツェル・コルドが腕をおろし、リラックスして背もたれによりかかった。

「どうかしたのか？」と、ネルコン艦長が不機嫌に、「なぜ飛行を中止するのだ？」

「これ以上は行けません」ハルツェル・コルドが応じ、「袋小路にはまったのですよ。いまのところ、先には進めない」

「どのくらい足どめされるのかね？」

「あなたがたの時間でいうと、きっかり二時間」

ハルツェル・コルドは話を打ち切り、シートをはなれてヴィルナに近づいた。

「マントがいるのでしょう？」と、彼女は期待をこめていった。マントの重みがこたえていたのだ。

ハルツェル・コルドは手を振って否定し、

「そのマントはだれもが身につけられるものではない。あなたは合格だ。だからたずねるが、ずっとはおっている気はないですかな？」

「なにをおっしゃりたいの？」ヴィルナは不安をおぼえてたずねた。

「わたしといっしょにきてもらえないだろうか……伴侶《はんりょ》として」

「ヴィンクランに？」

「いや、わたしはもうヴィンクランで暮らしてはいない。いっしょにツォッタートラクトにきてほしい」

「ツォッタートラクト？」ヴィルナはおうむがえしにいった。なんと奇妙な名前の惑星だろうか。どこにあるのだろう？　そうした疑問が次々と頭をよぎる。もっと重要なことを考えなければならないというのに。

「返事はいますぐでなくてかまわない。わたしの申し出をよく考えてみる時間は充分にあるだろう。この飛行が終了してから返事をもらいましょう」

ヴィンクラン人は司令コンソールにもどった。途中でヴィルナを振りかえると、笑ってみせたのか、ほとんど唇のないちいさな口がほころぶ。悲哀をおびた笑みだった。

「飛行を中断したのは、ただ、あなたのためだったのだ」

2

ヴィルナ・マルロイにとり、それは暗黒星雲を通過するもっとも長い旅となった。その反面、時間はあまりに早くすぎさっていく。人生でいちばん重要な決定をくだすときが目前に迫っていた。

エネルギー渦をやりすごすために飛行が一時中断しても、コースを変更して渦を回避しても、ヴィルナはまるで気づかない。

一度、ヴィクがやってきて、

「あのヴィンクラン人はきみをどうしたいのだ？」と、たずねた。

「これはわたしの問題なの」ヴィルナは心ここにあらずだ。

「もし、あいつにたわ言をふきこまれたのだとしたら……」

ヴィクはしばらく話しつづけたが、ヴィルナの耳にとどくのは意味のない音声のみ。答えが嚙みあわなくても気にせず、彼女は機械的に応じる。

「約束を忘れないでくれ、ヴィルナ」と、たまにヴィクの声が聞こえた。「ガイアにもどったら、いっしょにヴァカンスを楽しむんだよ」

「でも……ええ、いえ、わかってるわ……」

飛行はつづいた。ハルツェル・コルドは二度とヴィルナに視線を向けなかった。先に進めず、手持ちぶさたのときもしばしばあったのだが。

ツォッタートラクトとは？ ヴィクにたずねてみるべきだったのかもしれない。どのような惑星なのだろう。恒星テコンティーンをめぐる五惑星のひとつだろうか。その名はヴィンクランの言葉なのか、プロヴコナーの言葉なのか。

ハルツェル・コルドはわたしになにを望んでいるの？ かれが孤独であることは、はじめて会ったときにわかった。ひとり身に辟易《へきえき》し、人生の伴侶をほしがっているのだろう。それとも、べつの目的が？

「終わった！」

だれかがため息まじりにいう声が聞こえ、ヴィルナは身震いした。ハルツェル・コルドはすぐにも答えを聞きにくるだろう。

全周スクリーンのところどころに希薄な塵のカーテンが見てとれた。そのカーテンごしに、プロヴコン・ファウスト内部に点在する恒星の光が透けて見える。恒星プロヴは八惑星をしたがえ、そのひとつが第三惑星ガイアだ。銀河系から逃れてきた人類が植民し、近代的な大都市を築いていた。ソル・タウンはいまも開発が進んでいる。ヴィルナはその町に自宅を所有し、多くの友を持つ……ヴィクはたんなる友のひとりだ。

わたしをほしいとほのめかした異人のために、その生活すべてをあきらめることはできない！　いや、かれはほのめかしすらしなかった。たんに、わたしを必要とするだけで、妻に望んでいるのかどうかはわからない。

返事を聞きに、ハルツェル・コルドがいまにもやってくるかと思うと、ヴィルナは狼《ろう》狽《ばい》した。

しかも、いまだ答えを決めかねているのに。

ヴィンクラン人はまだネルコン艦長と話をしている。真空案内の報酬と支払い方法についいて話しあっているのだ。

いまちょうど握手して、ふたりの話しあいは終わった。ハルツェル・コルドはほかの要員たちとも握手をかわす。ヴィク・ロンバードの番がめぐってきた。

「われわれを置いて、もう行ってしまうので？」と、ヴィクは皮肉たっぷりに、「ともにプロヴ星系までリニア飛行をこなせば、ヴィンクランまではあとわずかだ」

「わたしの目的地はテコンティーン星系ではない」と、ハルツェル・コルド。握手の手をさしのべるが、ヴィクに無視される。しかし、表情ひとつ変えずに手をもどした。

ヴィルナはヴィクの非礼を恥じた。けれども、それを責めるひまはない。ハルツェル・コルドが目の前に立ったのだ。

「返事は？」ヴィンクラン人は言葉すくなにたずねた。

「わからないの……」

「お願いだ！」と、哀願するように、「わたしにはあなたが必要だ。愛している！」

ヴィルナは驚いた。このような告白をされるとは思ってもみなかったから。

「イエスといってくれ。わたしといっしょにきてくれ」

「じゃ、いいわ」自分が承諾する声を聞いて、ほっとすると同時に困惑する。「あなたについていてツォッタートラクトに行きます、ハルツェル・コルド」

「うれしいじゃないか」ヴィンクラン人は感激し、「あなたのおかげで、わたしは幸せ者だ。ぐずぐずしたくない。わが船が待っている」

「いますぐにということ？」と、ヴィルナは信じられないというように、「無理だわ。辞職してからでないと、《グルスメス》をはなれることはできないの。それに、荷物をとりにガイアにもどらないと」

「その必要はない。ツォッタートラクトなら、生活必需品はなんでも手にはいる。キャビンにある持ち物すら持っていく必要はない。さ、行こう。《グルスメス》に長居は無用だ」

ハルツェル・コルドは歩きだした。ヴィルナはトランス状態にあるかのようにしたがう。ハッチまでくると、ヴィクがふたりの行く手をふさいだ。

「ごめんなさい、ヴィク。いっしょにヴァカンスに行く約束はなかったことにして」

「きみは自分がなにをしているか、わかっているのか？」と、ヴィクはどなりつける。「常軌を逸しているぞ、ヴィルナ」

「そうかもしれないわね」彼女はやんわりといった。「わたしが理性で動くことはめったになかった。いまだって感情のおもむくままなの。そこをどいて、ヴィク。あなたに、わたしの心を変えさせることはできないわ」

ヴィク・ロンバードはからだの力をぬいた。けれども両手は震え、顔は蒼白だ。震える声で、

「好きにしろ。だが、自分の行動を悔いる日がいつかきっとくるぞ」

「ずっと友でいることはできないの、ヴィク？」

「そうありたいよ。もし、きみが間違いに気づいたら、そのときは友が必要になる。わたしはずっとそばにいるから、ヴィルナ」

ヴィルナはヴィクに軽くキスをすると、ハルツェル・コルドとともに司令室を出ていった。

＊

ヴィンクラン人の小型船は必要最低限の操縦機器をそなえるのみで、快適さとはほど

遠かった。単座船の三分の二を機械室が占め、あとはハルツェル・コルドが貨物室と呼ぶ四メートルかける三メートルの区画があるが、そこも殺風景《さつぷうけい》な空間だ。

ハルツェルは船が快適でないことを詫び、目的地まですぐだからといって、ヴィルナをなぐさめた。

「きみが決めたことを後悔しないためなら、わたしはどのようなことでもする、ヴィルナ」かれははじめてヴィルナを〝きみ〟といい、ファーストネームで呼びかけた。「きみはきっとツォッタートラクトを気にいるよ」

ハルツェルはコクピットに腰をおろした。装甲プラスト製キャノピーでおおわれており、外が見とおせる。ヴィルナはハッチまで行き、キャノピーの外を眺めた。

《グルスメス》の格納庫エアロックが開くと、小型船は牽引ビームで床から浮上し、宇宙空間に誘導される。ハルツェル・コルドがエンジンを点火。船は《グルスメス》からはなれた。

「人類側の船がリニア空間に消えるまで待つ」と、ヴィンクラン人はいうが、理由は語ろうとしない。

それでもヴィルナは察した。待機するのは《グルスメス》側からこちらの飛行ルートを探知されないためだろう。この予防処置にも、〝人類側の船〟という見くだした響きの言葉にも、いい気はしない。

「船の名を、まだ教えてもらっていないわ」

「名などない。この船とは深い絆《きずな》もなく、ただ前進するだけの乗り物だ」

「では、どのようなものと深い絆が？」

「芸術だ。だれかから聞いたことはないか？」

「いえ、あるわ。魔術にも通じているのでしょう」

「そういう陰口をたたかれているのは知っている。だが、魔術とはなんだね？」と、たずねながらも答えを聞く気はないらしく、すぐに先をつづける。「魔術とは魔法だ。きみはわたしを魔法使いだと思うのか？」

「違うの？」ヴィルナは思わず笑みを浮かべる。「あなたは謎につつまれているわ。なにを考えているかわからない、近よりがたい人」

「その正反対の男だと、きみを納得させられるが」ハルツェルは真顔でいった。探知機に目をやると、「ま、もういいだろう」

ヴィルナが探知機を見つめていると、《グルスメス》をしめす光点が消えた。その瞬間、ハルツェル・コルドが船を加速させる。装甲プラスト製キャノピーを通して、宇宙塵の渦に向かって飛んでいくのがわかった。

「暗黒星雲から出るの？」彼女は驚いてたずねる。

「いや、そこに進入するのだ」

「つまり、ツォッタートラクトは恐ろしいエネルギー嵐のまんなかにあると？」

「きみには、わたしの身になって考えることを学んでほしい。わが能力をきみに授けることはできない。残念ながら、きみが暗黒星雲をわたしの目で見ることも、わたしのように心で触れることも、不可能だ。でも、わたしにすべてを託してくれれば、〝パラプラズマ球体〟がきみの恐れを解消するところまで、成長させてあげよう」

小型船が宇宙塵のぶあつい層に突入し、ヴィルナは思わず息をとめる。ところが、防御バリアを作動させてもいないのに、船はしずかに進んだ。行く手に荒れ狂っていた宇宙塵の渦が後退し、道を開ける。

ハルツェル・コルドは振りかえって彼女を見ると、

「わたしは長いことひとりだった、ヴィルナ。ついに、秘密を分かちあえる人にめぐり会え、とてもうれしいよ。悟りの道をわたしについてきてほしい。そうしてくれるね、ヴィルナ？」

彼女は大きく息をのんだ。

「そうします」

＊

宇宙空間から眺めると、ふたつの天体はまるで恒星のようだった。一方は暗赤色で、もう一方は金色に輝いて見える。ハルツェル・コルドの説明によると、金色の天体が惑星ツォッタートラクトだそうだ。

「信じられないほど美しい惑星ね」と、ヴィルナは感嘆した。「なぜ、あんなに明るく輝いているの？」

「近づけば、みずから光っているのではなく、光を反射しているのだとわかるだろう。大気の最上層まで砂塵がまじっているのだ。ツォッタートラクトは表面積の五分の四が砂漠で、極端な温度変化によって大気が動き、砂が巻きあがる」

色あせていく暗黒星雲の雲を背景にして、赤い恒星があらわれた。宇宙塵のカーテンにところどころかくれ、死にゆく恒星の輝きがますます暗くなる。ツォッタートラクトは彗星のように、砂塵でできた尾をひきずっていた。

ハルツェル・コルドは船を惑星の夜の側に向けた。船が〝彗星の尾〟のなかに沈んでいく。大気中の金色のきらめきが消え、ヴィルナは夢からさめた。

「ツォッタートラクトは第二のガイアではないが、独自の魅力を持っている」と、ハルツェル・コルドは、「評価をくだすのは、自分の足で降りたってからにするといい」

惑星の夜側は、はじめに見えたほど暗くはなかった。光り輝くトワイライトゾーンから、何本にも枝分かれしたオーロラのような光の指が空に向かって立ちのぼり、大気の流れにたなびいては、絶え間なくそのかたちを変える。

「なぜ、夜の側に着陸するの？」ヴィルナはたずねた。

「われわれの目的地があるからだ。それに、昼の側に着陸することは自殺行為だから。砂嵐が最強で……」

ヴィルナは説明に耳を閉ざす。そもそも、話を聞いてはいなかった。ハルツェルの声は消え、彼女はふたたびキャノピーごしの景色を楽しんだ。

いまやふたりの頭上高くで、光の指が自在に変幻しては絡みあっている。眼下には漆黒の闇がひろがり、地表のようすはまったくわからない。

その光景に魅了されていたヴィルナは、突然の着陸飛行に驚かされた。加速圧吸収装置の停止が早すぎたため、小型船ははげしく揺れる。ヴィルナは足もとをすくわれ、転倒した。かたいものに頭をぶつけ、朦朧《もうろう》として床に横たわる。

ハルツェル・コルドの柔らかな声が聞こえ、からだが持ちあげられるのを感じた。抱きかかえられて、揺りかごのような動きに安堵をおぼえる。毛布か、かれのマントがからだにかけられたようで、心地いいぬくもりに安心感が増した。

突然、地獄のような轟音《ごうおん》が響きわたる。光が消滅し、ヴィルナは闇につつまれた。なにかがからだに降りそそぎ、無数の針で刺されたような痛みがはしる。いっきにぬくもりが消え、氷の冷たさが全身にひろがった。

「これ以上ひどくはならない……ただの砂嵐だから」どうやら、ハルツェル・コルドが耳もとでささやいているようだ。

耳をつんざく轟音は鳴りやまない。けれども、刺すような冷たさは感じなくなった。降りそそぐなにかに全身を打たれてはいるものの、痛みはない。

はじまりと同様、悪夢は唐突に終わった。柔らかな光が闇を押しやると、轟音はちいさくなり、やがて消えた。

「もう大丈夫だ！」ハルツェル・コルドの声が響く。

ヴィルナの全身はまだ寒さにかたまっていた。からだはまったく感覚をなくしている。

「ハルツェル……？」かれの名を呼ぶが、答えはない。

目を開けてみた。ヴィンクラン人の姿はどこにもない。丸天井がぼんやりと見える。

頭上に影がさした。視線をめぐらし……悲鳴をあげる。

醜い顔がヴィルナを見つめていた。巨大な頭蓋に、まるで粘土をこねてつくったかのような顔、悪魔が笑ったように裂けた口。悲鳴を聞いて化け物は姿を消したが、ヴィルナのはりつめた神経はあらたなショックに耐えられなかった。

彼女は気を失った。

3

ヴィルナは目ざめたが、何者かの視線を感じ、寝たふりをつづけた。巨大すぎる頭を持った生き物のことを思いだすと、ぞっとする。あのような生き物がほんとうにいるのだろうか。それとも、ただの妄想だったのか。

そっと薄目を開ける。頭上には金色をした砂塵の雲が渦巻いていた。まぶしさに目がくらみそうになるが、きらきらと揺れ動く金色の砂にたちまち魅せられ、注意するのも忘れて、目を見開く。

頭上には空が見える。巨人のためにつくられたかのようなスレート製のベッドに横たわっていた。砂色の絹布をはった巨大ベッドはホールの中央に置かれており、漏斗をひっくりかえしたかたちの天井に開いた穴から金色の空がのぞいている。

ところが、その空に影がさして暗くなった。遠くで稲妻が光る。突然、サイレンがうなりをあげた。瞬時に、天井の開口部に薄板状のカバーがあらわれる。天井が閉じた瞬間、まるで石の雨が降るかのように、屋根を打つ音が聞こえはじめた。その騒音にヴィルナは正気を失いそうになった。

助けをもとめて巨大ホールを見まわす。五メートルの高さのところに、四面の壁にめぐらした回廊があった。その上あたりでなにかが動く気配がする。あの巨大頭の生き物を思いだして目をそらした。

荒削りの壁ぞいにはスレート製とおぼしき不恰好な家具が置かれている。ホールは四十メートル四方ほどもあるのに、重厚な調度品に押しつぶされるような感覚がだしぬけに生まれた。

屋根を打つ音がやんだ。そのあとの静寂はなおさら不気味だ。天井カバーが音もなく開き、むらさき色の光がさしこむ。金糸をはりめぐらしたような空が目に飛びこんできた。

ヴィルナは悲鳴をあげてベッドから跳びおりると、回廊の下に身をかくそうと一方の壁に駆けよった。幅はせまいが背の高い扉が開く。べつの方向に逃れようとすると、腕をしっかりつかまれ、ひきもどされた。

「ヴィルナ！」ハルツェル・コルドだった。ヴィルナはその腕にぐったりと身をあずける。「いったいどうしたのだね？」と、かれは優しく話しかけた。

「ハルツェル、なぜ、わたしをこんな恐ろしいところにひとりにしたの？」彼女は全身を震わせて、「恐かったわ」

つけたのだ」

「ブリニッツァーにたのんでおいたのだよ。きみが目をさましたと聞いて、すぐに駆けつけたのだ」

「ブリニッツァー……巨大な頭の化け物のこと？」

「ヴィルナ、なんてことをいう。ブリニッツァーはツォッタートラクトの原住種族ツォッターだ。ツォッターはわたしの友。かれらを恐れることはない」ハルツェル・コルドはこうべをめぐらせ、ブリニッツァーと名を呼んだ。

その生き物があらわれると、ヴィルナはハルツェル・コルドのマントのかげに身をかくした。ブリニッツァーは身長百三十センチメートルほどの小人だ。ヒューマノイドの姿をしているが、プロポーションは奇妙きわまりない。

三頭身の頭に毛は一本もなく、顔は無骨な感じがする。粘土色の肌は光のかげんによってブロンズ色にも見え、なめし革を連想させた。目は落ちくぼんだ眼窩《がんか》の底にあり、ふつう眉があるあたりには、腱や筋肉にかこまれて、しわだらけの皮膚が盛りあがっている。それこそがツォッターのまぶたで、眼窩に蓋をするためのものだろう。

頭にくらべると、からだは華奢に見える。腕や脚はみじかめだが、やはり華奢だ。足は大きすぎるものの、巨大な頭蓋のために重心がかなり上にあることを考えると、驚くにはあたらない。

「おまえの姿かたちのせいで、ヴィルナを驚かせてしまったではないか」と、ハルツェル・コルドは非難めいた口調で、「彼女にあやまったらどうだ」

ツォッターは口をつきだすと、メロディをつけて歌う。

「ごめんなさい、ごめんなさい、奥様」

「いいのよ」ヴィルナは手を振っていった。笑わずにはいられない。ツォッターへの恐怖はすっかりなくなった。このように対面して公平な目で見ると、まったく愛すべき生き物だ。「わたしが悪いのよ。ばかなまねをしたのだから」

「ブリニッツァーはなぐさめる、とってもなぐさめる」ツォッターはトレモロで歌い、うしろにさがった。

「ツォッターにヴィンクラン語やインターコスモを教えてみたことがあるのだ」と、ハルツェル・コルドは、「かれら、異人の言語を完璧に理解できるのだが、発音はうまくできない。かれらの言語は表現や語句ではなく、アクセントが重要になるから。ツォッターの言語は発声法が特別で、われわれには習得できないのだ。さ、ヴィルナ、わたしの惑星を案内しよう。朝の嵐のあとがいちばん美しいのだよ」

＊

ツォッタートラクトの大気はきれいで、ガイアよりも香り豊かだった。片側は地平線まで見わたせ、もう片側にはサボテンや重厚な建物がびっしりならんでいる。

こぶし大だった雹《ひょう》は急速に溶けて、水は砂地にしみこんでいた。巨大サボテンの棘《とげ》の先端から長い滴がたれている。建物の周囲に生えた苔にも水滴がきらめいていた。

ふたりづれのツォッターがあらわれ、手を振って歌で挨拶し、サボテンのかげに姿を消した。ヴィルナはサボテンの森をぬける道にそって地平線まで視線をはしらせる。数分前ほど視界が鮮明でないことに気がついた。

風が金色をした砂地をかきまぜ、砂塵がきらめくヴェールとなって空高く立ちのぼる。それは急速に近づいてきた。

「すぐに景色は砂の雲のなかにかくれてしまう」と、ハルツェル・コルド。「遠くまで見わたせるのも、ほんの数分間だ」

かれは歩きはじめ、ヴィルナがつづく。苔は彼女の足音をのみこんだ。

「わたしがおちついたオアシスは比較的ちいさなもの」と、ハルツェル・コルドは説明。「だが、水はきわめて良質だし、先住種族の貴重な文化遺産が近くにあるから、この地を選んだのだ。それに、ここの天候はかなり安定している。オアシスのなかであれば、昼間はいつでも好きに歩きまわれる。けれども、嵐の到来を告げるサイレンが鳴ったら、屋内に退避しなければならないよ。おぼえておいてくれ、ヴィルナ」

ふたりはいちばん近いサボテンまでやってきた。立ちのぼる芳香を胸いっぱいに吸いこみ、一瞬、ヴィルナは酔いしれた。

振りかえって建物に視線をもどす。低層の長々とした建物で、わずかにかしいだ堅固な塀でかこまれている。壁は金色をした砂漠の砂のように輝く素材でできているが、かすかに赤みを帯びていた。どの窓や扉にも、ガイドレールにはめこまれたスレート製の鎧戸《よろいど》がついている。

ブンカーのような建物を眺めていると、歴史の教科書で見たことのあるテラの砂漠要塞を思いだした。

「あの建物はわたしが指示してツォッターに建てさせた」と、ハルツェル・コルド。「先住種族の建築にインスピレーションを得てね。現存する建物はほとんどなく、わずかな遺跡がのこっているだけだが、それはうまく保存された都市がどこかにあるという証拠だ。そうした都市を捜索するようツォッターを説得したのだが、まだ成功していない。だから、あれは想像して建てるしかなかった。でも、先住種族の様式をうまく模倣できたと思う。気にいったかな、ヴィルナ？」

「すてきね。まるで異種族のモニュメントを前にしているみたいだわ。どんな建材が使ってあるの？」

「砂にサボテンの樹液と水を混ぜてかためたものだ。サボテンの樹液はすばらしい接着剤で、混ぜこむことで耐久性が増す。窓枠や家具はべつの材料を使っているよ。とはいえ、それが自然石なのか、人工のものなのかわからないが。ツォッターは都市の廃墟から出土した不定形のプレートを持っているようだ。もっとも、発見場所は教えてくれない。かれらはそういうことに抜け目がないからな」

「そんなふうには見えないけれど」

「見かけにはよらないもの。ふつうは愛らしく、親切だ。けれども、交渉ごととなると容赦ない。それでも文句はいえないよ。とほうもなく高価な芸術作品をわたしに提供してくれるのだから」

「あなたのコレクションを見せてくれない？　あなたが人生を捧げるほど魅了されたツォッターの芸術を見てみたいわ」

ハルツェル・コルドは甘い笑みを浮かべ、

「ツォッター自身は意義ある芸術を持たない。わたしの興味は、先住種族の文化遺産にあるのだ。彫刻やレリーフ、実物を圧倒するほどの３Ｄ絵画を収集している。ツォッターはまちがいなくその先住種族から派生したのだが、すっかり退化してしまった。ツォッターの祖先がどうなったかは、わたしが解明したい謎のひとつだ。あらゆる疑問の答えは芸術作品のなかにあると思う。悟りの道はそこを通って……そうだな、わたしのコレクションを見せてあげよう。きみの評価が楽しみだ」

「残念だけど、わたしには芸術を理解するだけの能力はないわ」ヴィルナは断言した。

ハルツェル・コルドは手を振り、

「かまわん。きみが先ツォッター芸術を理解する必要はない。芸術作品のほうがきみの思考に影響をおよぼすから」

ヴィルナは理解できず、口をつぐんだ。

ハルツェル・コルドはサボテンの森に彼女を導いた。そこは涼しく、空気は澄んでいる。頭上には砂塵の渦が金色の雲となって浮かんでいるが。

ふたりはサボテンの森を横切る川までやってきた。川は浅く、幅はひろい。砂州がいくつもはりだしている。砂州のひとつに、鱗が炎の模様にも見える体長二メートルのトカゲがいた。ふたりの姿を見つけると、トカゲはすぐ川に跳びこんだ。

「爬虫類はツォッタートラクトでは優勢を誇る動物種なのだ」と、ハルツェル・コルドはコメントし、「わがオアシスには無害な動物しかいない。いま見かけた火トカゲもね。肉を食べることもできるし、観察して楽しむだけでもいい。緑豊かな山あいの渓谷には、わたしの宇宙船ほどの大きさのヘビやトカゲが棲息している。そういうものは避けたほうが無難だ。内陸部に探検に行くときは、この忠告を思いだしてくれ」

「そんな探検には、いっしょにきてほしいわ」ヴィルナが応じる。

ふたりはサボテンの森をあとにした。帰宅すると、ブリニッツァーが待ちわびていた。

両腕を振りまわして歌う。

「早く、早く。早いのが肝心。縁起のいいサイコド！」

小人の興奮は瞬時にハルツェル・コルドに伝染した。

「どうしたの?」どうにかヴィルナも調子をあわせる。

「ブリニッツァーがいうには、かれの仲間がわたしに買わせたい芸術作品を見つけたらしい」ハルツェル・コルドは興奮していった。

＊

外見をひと目見て、ブリニッツァーともうひとりのツォッターを見わけることはむずかしい。しかし、よく眺めれば、ブリニッツァーには額にくぼみがひとつある。

ツォッターの男はヴィルナが目ざめた巨人のベッドが置かれたホールで待っていた。ベッドのはしに腰かけ、床にとどかないみじかい脚をぶらぶら揺らしている。その前には高さ一メートル半の物体が、男の姿をかくすように置かれていた。梱包して紐で結《ゆ》わえてあるため、そのかたちまではわからない。

「お買い得なサイコド」と、男は歌って物体を指さし、「重くて、汗だく。でも努力の甲斐《かい》はあるし、お買い得」

ハルツェル・コルドは男には目もくれず、梱包された物体に突進する。震える指で紐を解き、つつみがはがれて中身が目の前にあらわれると、ようやく緊張をゆるめた。

ひざまずき、目を閉じて両手の指先でなぞる。それはグリーンの光彩をはなつ素材でできた彫刻だ。

ヴィルナの目には抽象作品に見えた。あえて連想するなら、灯心のない燃える蠟燭だろうか。ただし、溶けた蠟は流れおちるのではなく、上方に流れている。〝蠟燭〟本体は完璧になめらかで、木目のような筋がある。上に向かう〝蠟の跡〟はラフで不恰好だ。

ハルツェル・コルドは両手をもどすと立ちあがった。興奮はすっかりおさまっている。しかし、いつものものうげな面持ちにはもどらず、顔に怒りの色を浮かべていた。

「これは偽造品だ」と、ハルツェル・コルド。

「違う、違う、そんなはずない！」彫刻を持ちこんだツォッターが歌う。ブリニッツァーも味方して声をあわせ、

「ほんもののサイコド！　けっしてにせものじゃない、とっても美しくもないけど」

「わたしをだませると思うな！」と、ハルツェル・コルド。怒りの色は消え、憂鬱なまなざしにもどっていた。目には悲しみと絶望の色も浮かんでいるようだ。「これは偽造品だ。このペテン師がほんものを持ってこないかぎり、取引はしない」

ブリニッツァーともうひとりのツォッターは二重唱をくりひろげたが、結局、ふたりで彫刻を梱包しなおして運びだした。

「偽造だというのはたしかなの、ハルツェル？」ヴィルナはたずねたが、ヴィンクラン人には聞こえないようだ。

「ツォッターたちが気の毒だ」と、ハルツェルはひとりごとのように、「祖先の芸術作品を模倣する力はある。だが、先ほどのような偽造品に創造主のきらめきはない。かれらは独自の作品を創造するのに必要な想像力すら持たないのだ。もちろん、コピイを制作したからにはオリジナルがあるにちがいない。両者を外見で区別することは不可能だ。違いは深いところにある……目で見えない、精神でしか見ることができないところに」

「どこで偽造品だと見破ったの、ハルツェル？」

「あれは死んでいた。魂がなかったのだ。一方、先ツォッターの芸術はまぎれもない輝きをはなっている。そうした神の臨在を告げる周波にツォッターは鈍感だ。だからこそ、わたしをだませると思っている。さ、ヴィルナ、先ツォッター芸術とはなにか、教えてあげよう」

ハルツェルはヴィルナを連れて、扉のない通廊を進んだ。幅はひろいが天井は低く、五十メートル先にある装甲ハッチで行きどまりになっている。

「ここがわが聖域の入口だ。わたしのほかに、足を踏みいれた者はいない。きみは奇蹟の作品を目にする……というか、精神で感じる、はじめての人だ」

話しおわらないうちに、ハルツェル・コルドは重いハッチを開けた。音もなくハッチが開く。ひんやりとした黴臭《かびくさ》い空気が流れでてきて、ヴィルナは身震いした。

自動的にライトが点灯し、いくつもの太い円柱で支えられた丸天井が目にはいる。

円柱のあいだには台座に載った見慣れない彫刻がいくつもあった。床のところどころにレリーフがはめこまれ、周囲の壁には大きな絵画が飾られている。絵はあまりに写実的で、難解な未知世界を望む窓のようだ。

背後で軽い音をたててハッチが閉まる。どこからか、ささやく声が耳にとどき、ヴィルナは混乱した。突然、パニックに襲われる。

「わたしにはわかる。ヴィルナ、きみはこれらの〝パラプラズマ作品〟に神の臨在を告げる周波を感じているのだ」ハルツェル・コルドは彼女の手を握り、「恐がらなくてもいいのだよ、ヴィルナ。わたしとともに何度も足を運べば、この周波に不気味さや悪意はないとわかる。わたしはいま、きみが悟りの道をいっしょに歩いてくれると確信した」

「ここから出して」ヴィルナは困惑して、「もう耐えられない」

「しずかに、ヴィルナ」ハルツェルは優しくささやいて、からだを押しつける。「はじめの恐怖を克服したら、この周波のほんとうの意味がわかるはず。まさに……」

ヴィルナは抱きしめられてうれしかった。不気味な生命が宿る冷たい場所で、ハルツェルのからだは唯一のぬくもりだったから。

ハルツェル・コルドは巨大絵画が飾られた壁ぎわにヴィルナをいざなう。横七メートル、縦三メートルの大きな絵は、ひと目見ただけではさまざまな色のラインで埋めつくされているだけだ。

「見てくれ、ヴィルナ」ハルツェルは懇願するようにいった。ヴィルナが目をそらそうとすると、顔を押さえ、「死後も未来永劫につづく精神の力によってひき起こされる、不思議な変化の証人になってくれ」

かれが話しおわらないうちに、絵に描かれたラインが変化した。奥行きが生まれ、ひろい空間ができる。絵の奥から灼熱の光点があらわれ、燃えさかって回転する恒星になる。その星が爆発すると、破片がパズルのピースのように飛びちり、あらたな構図を形成する。

それは三次元の世界ではなく、無名の芸術家が一度にいくつもの次元を表現しようとしたかのような複雑な世界だ。露出をくりかえして複数の光景を一枚のフィルムにおさめたものと同じで、それぞれの次元を区別できない。しかも、絵のなかの構図は動いているのだ。

火花を散らして回転する独楽《こま》らしき物体があらわれ、背景に消えた。はてしない空と大聖堂ふうのホールが同時に見える。その下をツォッターに似た生物の影がよぎる。

こうした光景が次々とヴィルナの目に飛びこんできた。ハルツェルの声が遠くに聞こえる。

「この絵は〝王の戴冠式〟と名づけよう。どうだね、ヴィルナ？　世界の覇者にあたえられる賛辞を思いださないか？　どういう名であれ、おのれの種族を満足のきわみに導いた王だ。種族に繁栄をもたらし、そのために王冠を授けられ……」

絵の奥からツォッターの姿があらわれ、ヴィルナに突進してきた。無骨な顔がキャンバスいっぱいにひろがり、絵が破裂しそうだ。ヴィルナは悲鳴をあげてよろめいた。正気を失う寸前だった。

「この、先ツォッターの賢人王が存在する証拠はもうひとつある」ハルツェル・コルドはヴィルナの悲鳴など聞こえないかのようにいった。

彼女をガラスの飾り棚の前に連れていく。棚には青みがかった色をはなつ、こぶし大の卵が飾られていた。

「この卵はあるツォッターから手にいれたもの。のちにその男を見たことはないが」と、ハルツェル・コルドはつづけ、「ふつうの芸術作品とは異なる合金でできている。違う条件下で創造されたものだろう。わたしに卵をただで譲ったツォッターは〝王の目〟と呼んでいた。はるか昔、ツォッターの先祖に激変をもたらした王の思い出の品であることはまちがいない。種族の偉大さを証明するこうした芸術作品が生まれたのは、ひとえに王のおかげだ。それほど高度な文明を築いた種族が、なぜ没落したのだろうか。いまもわたしに唯一のこされた謎だが、きっと解明してみせる」

そのとき、卵が縦軸を中心にして回転しはじめたように、ヴィルナの目には見えた。

輪郭がぼやけて縮み、もやもやとした球体に変わる。プロヴコン・ファウストの暗黒星雲を彷彿する。ヴィルナは魅了される前に、あわてて背を向けた。用心しながら飾り棚を振りかえって見ると、そこには青みがかった色あいの卵があるだけだった。

「この芸術作品が生まれた過程を知りたくないか、ヴィルナ?」ハルツェル・コルドは興奮ぎみに、「先ツォッターがどんな素材を用いたか、わかるか?」

「いいえ、そんなこと聞きたくないわ!」ヴィルナは当惑して大声をあげる。「ここから出たいの。外に出してちょうだい、ハルツェル」

「かれらは自分自身からつくりだした」ハルツェルは動じずに、「この彫刻や立体絵画やレリーフは、手で生みだしたのではない。精神力だけで創造したのだ。だからわたしは、かれらの作品をサイコドと呼ぶのだよ。彫刻をかたちづくり、絵画を描いた材料もまた、精神力のみによって創出したもの。だからこそ、強力なプシオン波を発しているのだ、ヴィルナ。これは、物質に対する精神の勝利。芸術作品に使われている素材は有機物でも合成物でもない。パラプラズマという不滅の素材なのだ。そうなると、プロヴコン・ファウストを先ツォッターがつくったという考えも、まんざら現実ばなれしたものではないだろう?」

「そうね、ハルツェル。きっとあなたの理論は正しいわ。でもお願い、もうここを出ましょう」

「わかっていないな、ヴィルナ」ハルツェルは情熱をこめて、「これらすべてを、わたしはきみと分かちあいたいのだ。きみがほしい。きみを愛している」

「でも、ここではいや、ハルツェル！　ここでだけはいやなの！」

その望みは無視された。けれども、ヴィルナが抵抗したのはつかのまで、はげしくあらがったのでもない。ハルツェルの腕に抱かれていると、気味の悪いまわりの光景も忘れられた。かれの愛撫は優しくきめこまやかで、それでいて、ヴィンクラン人にあるとは思ってもみなかった情熱にあふれていたのだ。

ひととき、彼女はなにもかもうまくいくと希望をいだいた。

ところが、ハルツェル・コルドの情熱の炎はほんの一瞬のものだとわかる。かれがヴィルナに愛をしめしたのは、一度かぎりのことだった。

4

ヴィルナ・マルロイには、ハルツェル・コルドについてツォッタートラクトにきたことが間違いだったと白状する気はない。そのときどきでベストをつくしているし、なにもかもきっとうまくいくと、自分にいいきかせてもいる。

ハルツェルの顔を見ることはめったにない。たいてい自分の美術館に閉じこもっているからだ。食事のときや、ブリニッツァーに芸術作品の入手を依頼するときだけたまに出てくるが、いっそう憂鬱な顔を見せるだけだった。

ヴィルナはかれを元気づけることはなんでもためした。オアシスの周辺を案内してくれとたのんだり、内陸部に探検に出かけようとくどいたりもした。しかし、ハルツェルは提案に耳を貸そうとはしない。

美術館での出来ごとから一週間後、ハルツェルは自分の城の屋上テラスで朝食をいっしょに食べないかと、ヴィルナを誘った。

ブリニッツァーは完璧な料理人兼給仕だ。乾燥サボテンに花のお茶とイモリの卵をそえてサービスする。ヴィルナはおいしい料理を味わったが、ハルツェルはひとり思いに沈み、食事に手をつけようとはしなかった。

「きょうは外出しましょうよ」ヴィルナが静寂を破っていった。「ブリニッツァーが、きょうはたいした嵐はこないといっているわ」

ハルツェルはうなずき、

「天気のことなら、ブリニッツァーの勘はわたしよりあたるからな」

「それじゃ、遠足に行けるわね」

「ブリニッツァーといっしょに出かけたらどうだ？　かれほど、この地にくわしい者はいないぞ。地上車に乗っていくといい。車内にいれば、ひどい嵐もやりすごせる。ブリニッツァーは優秀な運転手だが、きみ用の防護マスクを忘れるなと伝えて……」

「ブリニッツァーじゃなくて、あなたと出かけたいの」と、ヴィルナは話しつづけるハルツェルをさえぎり、「わたしはずっとここに閉じこめられて、あなたは顔もあわせないし、ひと言も口をきかない。あなたと心を割って話をしたいの。いったいどうしたの？　なぜ、閉じこもってばかりいるの？」

「閉じこもってなどいない。きみの居場所はわたしのかたわらにあると思っていたのだ、ヴィルナ。きみがわたしの興味を分かちあってくれたら、どんなにうれしいか。わたしは閉じこもっていたのでなく、ヴィルナ、きみを待っていたのだ。装甲ハッチはずっと開いていたのだよ」

　ヴィルナはひんやりとした納骨堂のような場所を思いだして身震いすると、

「あそこには二度と行かないわ」と、はっきりいった。「没落種族の霊廟にはいれと強要しないで。あそこにいると、過去の亡霊に脅されている気がするのよ」

　ハルツェルは期待に満ちたまなざしを彼女に向け、

「では、きみは感じるのだね。あの周波を感じることができるのだね。それなら、希望が持てる。まだなにも失われてはいない。きみを正しい道に導こう」ハルツェルはスレート製のテーブルに身を乗りだし、ヴィルナの両手を握った。「おろかなことをした、ヴィルナ、許してくれ。だが、わかってもらいたい。サイコドはわたしの存在意義なのだ。わが使命はサイコドの謎を解くこと。だから、きみが背を向けたときはがっかりした」

「それは違う、ハルツェル……」

「わたしが間違っていた。だが、もう一度はじめからやりなおせるはずだ」

「それなら、わたしといっしょに出かけるのね？」

「そうだな……またあとで」ハルツェルはそそくさと立ちあがる。「きみを全サイコドの周波が濃縮された場に、すぐにさらしたのが間違いだった。助走期間をとって、慣れる必要がある。きみがすこしずつ芸術作品に親しめるように手を貸そう。芸術作品とうまくつきあえるようになるまでは、わたしの聖域にこなくてもいい。なにをすべきか、わたしはわかっている」

そこまでいうと、ハルツェル・コルドは姿を消した。ヴィルナはすわったまま、ぼんやりと虚空を見つめる。話が嚙みあわないと思いながら。

半時間がすぎたころ、ブリニッツァーがやってきて、歌いながらヴィルナを寝室にいざなった。巨大ベッドの頭のほうに、大きな彫刻が置かれている。双頭の生物がうずくまる構図だ。とはいえ、写実的なものではない。四肢が頭に合体し、躍動感ある全体像を形成している。テレスコープ脚のような頭に載ったまるい頭部だけが、全体の塊りから突出していた。

「こうするのがいちばんの方策だ」彫刻にもたれて立っていたハルツェル・コルドが、「まず、一体のサイコドと暮らせばいい。恐れがなくなったら、次の一体を持ってこよう。わたしとともに悟りの道の最終区間を歩ける強さを獲得するまで、つづけるのだ」

「その不気味な塊りを外に出して」ヴィルナはヒステリックに、「そんなものの横で寝たら、気が狂ってしまう。お願い、ほうりだして、ハルツェル」

「だめだ。きみはサイコドとの暮らしに慣れなくてはならない」

ヴィルナは泣くか叫ぶかしたかったが、まずはその場を逃れた。どこをどう通ったのか、気がつくと、サボテンの森にいた。

すぐに嵐の到来を告げるサイレンが鳴りひびく。屋内にもどらなければならない。鎧戸が自動で閉まる前に、家にもどった。

寝室にはサイコドが置かれたままだ。恐ろしかったが、ベッドに身を横たえ、緊張を解こうとする。しかし、無理だった。背後のサイコドから、無視できない恐ろしさが発散されている。ヴィルナは耐えきれず、部屋を出て建物内部をさまよった。

いりくんだ造りの階段を伝って、まだ行ったことのない二階にあがる。藁《わら》のマットレスと毛布が置かれたベッドのある小部屋を見つけ、そこをねぐらに決めた。

いつしか眠りこんだにちがいない。物音に驚いて目をさますと、ペンライトを頭上高くにかかげるツォッターの姿があった。額のくぼみからブリニッツァーだとわかる。

「なにがそんなに恐い？」と、かれは歌い、「もどるのが恐い？」

「ええ、下に行くのが恐いの。わたしを裏切る気でしょ、ブリニッツァー？　ハルツェルに、わたしのことをいってはだめよ」

「そんなこと誓ってしない！　ブリニッツァーは誠実」

ヴィルナは安心した。ブリニッツァーに見守られ、彼女は眠りに落ちた。

＊

ヴィルナはツォッターとともに暮らし、それからしばらく現実を忘れた。

ブリニッツァーといっしょに地上車でよく砂漠に出かけた。かれはほんとうに運転が上手で、子供のような無邪気さを見せてくれる。

山に出かけたときは道の終点で車を降り、いりくんだ小道を歩いて登った。緑豊かな渓谷の自然の営みを展望台から眺め、砂嵐がやってくると、岩の裂けめやくぼみに身をかくす。

ブリニッツァーはヴィルナにつねに防護マスクを携帯するよう注意した。過酷な冒険のさいも、彼女が不自由なくすごせるように気を配った。

しかし、ヴィルナの知識欲を満たすことだけはできない。どのような質問にも答えるのだが、ブリニッツァーの意味不明な歌を理解するのはヴィルナには困難だ。

ブリニッツァーは種族について問われると、いつまでもアリアを歌った。ツォッターの言葉にヴィンクラン語やインターコスモがいりまじっている。

それでもヴィルナはツォッターについておおよそのイメージをいだくことができた。かれらは野望を持たない謙虚な種族だ。すぐれた技術も持ちあわせない。けれども、ヴィンクランの技術を使うことはできる。ツォッタートラクトには転送機システムもあると、ブリニッツァーはほのめかしたが、披露するようすはいっこうにない。かれらの居住区に連れていくようせがんでも、なにかと口実をつくっては断る。

話題は自然とツォッタートラクトの先住種族におよんだ。ブリニッツァーは歴史にもくわしいが、歌が複雑すぎて、よく理解できない。やがて、すこしずつではあるが、わかってきた。かれは著しく矛盾する伝説を歌っていたのだ。

太陽の神々が砂嵐のない王国を照らす力を獲得した、という話。あまりに思いあがった神々が上位の力によって金色の砂で窒息死させられた、という話。さらに、巨大化した先住種族が自分たちの住む惑星よりも大きくなったため、べつの惑星に移住せざるをえなかった、という話。そのさい、ひとりのこらず移住する前に、種族の遺産を守らせるべく、小人のツォッターを創造したという。

「遺産を守るとはどういうことなの、ブリニッツァー?」ヴィルナがたずねた。

ブリニッツァーはすべてをつつみこむようなしぐさをしてみせ、長い歌を歌いはじめた。そこからヴィルナが理解したのは、簡素に暮らすのがツォッターのつとめだということ。

ツォッターの神話は、かれらが先住種族の子孫であるかどうか明らかにしていない。ブリニッツァーはその点に関して、ハルツェル・コルドの見解と同じだと歌った。ハルツェルはツォッターが先住種族から派生したと確信している。

ヴィルナがあの芸術作品の話題を持ちだすと、ブリニッツァーは神妙になった。あれは宇宙で最高の奇蹟であるとみなし、美辞麗句を連発して褒《ほ》めたたえる。しかし、自身が芸術作品の価値を認めているのではなく、ほかのツォッターと同様、ハルツェルの評価のうけうりであることは明らかだ。また、ブリニッツァーもサイコドが発するプシオン波を感じることはできない。だからこそ、自分たちのつくる完璧な模倣作品を、なぜハルツェルが偽造だと見ぬけるのか、理解できないのだ。あらゆるものは模倣できると信じこんでいるから。ただ、かれらの祖先であるはずの先住種族の芸術だけが模倣できない。

なぜ、できないのか？　ヴィルナがたずねると、もうすこし現実味のある伝説があると、ブリニッツァーはいう。

ツォッターが神々から託された使命は、サイコドをプロヴコン・ファウストの全惑星にひろめること。ひとつところに集めることは許されず、関心のある者ならだれでも手のとどくところに置かなければならない。サイコドは消滅した神々の力の象徴であり、それをひろめることが、神々の王国の大きさを象徴化することになるから。

だから、ハルツェル・コルドがヴィンクランでサイコドにはじめて出会ったのは不思議ではない。かれのコレクションの大半がプロヴコン・ファウストのほかの惑星で見つかったことも、〝王の目〟のようにもともとツォッタートラクトにあった作品がほとんどないことも、納得できる……

ヴィルナは多くの情報を集めた。こうした知識があれば、ハルツェルになじむことができ、かれの心をつかむのに役だつと信じて。

しかし、実際はその逆であった。ハルツェルがサイコドに夢中であることが、いっそうよくわかったのだ。文字どおり虜《とりこ》となり、すっかり魅了されている。その事実を知ったヴィルナは、前にもまして、かれと同じ道を歩むことにはげしく抵抗した。

*

ヴィルナは外出する意欲を失い、ほとんど家から出なくなった。空を舞う金色に輝く砂の泉。菫色《すみれいろ》に染まる夜明けの空。サボテンにおりる朝露。夜になると砂塵が満ちた大気中でくりひろげられる光のショー。ハルツェルがパラプラズマ球体と呼ぶ、恒星ツォッタと三惑星がある暗黒星雲から発せられる不思議な光の反射。それらすべてが魅力を失った。

この惑星はヴィルナからすれば非現実で、ひとつの魅力もない。ツォッターたちの屈託なさもなぐさめにならないし、彼女の機嫌をとろうとするブリニッツァーの努力も、もやもやとした思いをとりはらってはくれない。その心づかいがわずらわしく、思わずののしってしまう。以来、ブリニッツァーは姿を見せなくなった。

ヴィルナは孤独を知った。秘密のねぐらで、嵐を告げるサイレンがひとつ、またひとつ鳴るのを待ちつづける。自動の鎧戸が閉まる音に耳を澄まし、嵐の咆哮《ほうこう》や、屋根を打つ雹の音に耳をかたむけた。

寝室にはベッドの周囲に彫刻がもう四体置かれ、壁に大きな絵画が一枚飾られている。ヴィルナは寝室にちらりと目をやり、ぞっとして踵を返したもの。

ハルツェル・コルドは彼女がべつの場所で寝ていることをいまだに知らない。かれを見かけることはめったになかった。いまなお、あの霊廟のごとき美術館で時の大半をすごしている。姿を見せて口にする問いといえば、

「わたしに偽造品を売りつけようとしたツォッターを知らないか？　あの〝湧きあがる涙〟のオリジナルを持って、やってこなかったか？」

ブリニッツァーはノーとしかいえず、ハルツェル・コルドは失望の色を浮かべる。

「あのサイコドを手にいれなければならないのだ。わかってくれるね、ヴィルナ？　サイコドの存在を知ったからには、この手にいれるまで、わたしの心は休まらない。〝湧きあがる涙〟はもう、ツォッタートラクトにないのではないか？」

「ブリニッツァーから聞いたけれど、あなたはサイコドの大半をべつの惑星で手にいれたそうね」と、ヴィルナ。

「そのとおりだ。サイコドを手にいれるのは困難だった。だが、その甲斐はあって……ところでヴィルナ、よく眠れるかね？」

「ええ、ぐっすり」

「わたしの聖域にはいることができそうか？」

「無理よ！」ヴィルナは大声を出しそうになり、その場を逃れてねぐらに閉じこもった。

まもなくブリニッツァーの歌声が近づいてくるのが聞こえ、扉を開けた。

「ああ、なんてつらく、悲しいのか」と、ツォッターは泣きそうな声で歌う。「深い悲しみで、頭はいっぱい」

「そのとおりよ。もう耐えられないわ」

「でも、だめ、だめ。なんてばかなこと！　ハルツェル・コルドはあなたの悲しみのせいで悩んでる」

「それなら自分の口で伝えなくては。サイコドのプシオン波に身を捧げるよう、わたしに強いることはできないわ。そんなことをしたら、正気を失ってしまう」

ブリニッツァーは甲高《かんだか》い歌声を響かせて出ていった。

翌朝、嵐はおさまった。ヴィルナがテラスに出ると、すべてが砂塵の霞におおわれていた。グレイ一色の世界である。ヴィルナは階下にもどり、はてしない通廊をさまよい歩く。美術館に通じる装甲ハッチのまわりを遠巻きにして歩いたが、ハルツェルの腕に身をゆだねてしまった。

ハルツェルは全身を震わせていた。いつもより顔は青白く、熱でもあるかのように目をぎらつかせている。

「どこだ？」と、どなりつけ、ヴィルナの両腕を荒々しくつかんだ。「どこにあるんだ？　きみはあれでなにをしたのだ？」

あまりにはげしく揺さぶられ、ヴィルナは言葉も出ない。ハルツェルは彼女をいきなりはなすと、手を振りあげた。ヴィルナは殴られる恐怖よりも驚きで悲鳴をあげる。その声で、かれは分別をとりもどした。

だらりと肩を落とすと、感情のない声を出す。

「なぜ、こんなことをしたのだ、ヴィルナ？　あれを持ちさるべきではなかった。どこにかくしたかだけでも教えてくれ」

「いったいなんのことをいっているの？」

「わたしの〝王の目〟だ。きみの枕もとに置いたのだ。王がきみの美しさを見たいだろうと思って。〝王の目〟に、なにをした？」

ヴィルナは昨夜もその前の晩も、ずっと寝室では眠らなかった。もはや白状するしかない。

「耐えられなかったの、ハルツェル。ごめんなさい。わたしはあなたが夢みる伴侶ではないわ。あなたが卵のかたちをしたサイコドを、わたしの枕もとに置いたことすら知らなかった。いま、どこにあるかなんて、ほんとうに知らないのよ」

ハルツェルは心ここにあらずのようすでうなずくと、理性を疑う言葉を口にする。

「王が自分の目をとりもどしたのだろうか？　いつの日か、わたしがあれを失うことはわかっていた。あれを譲ってくれたツォッターがほのめかしていたからな」

のろのろとはなれようとしたハルツェルを、ヴィルナがひきもどす。

「ハルツェル、話があるの。真実を告げるときがきたわ。いままで、あなたをだましてきた……悪意があってではないのよ。だって自分自身もごまかしてきたのだから……」

「その先はいわないでくれ」ハルツェルは片手をあげ、「あとになって後悔するようなことを口にする前に、もう一度すべてを考えなおしてほしい。もどったら、なにもかも話しあおう。しばらくひとりになれば、きみは必要な距離をとれるはず」

「もどったら？」ヴィルナはびっくりして、「どこに行くつもり？」

「わたしはツォッタートラクトをしばらくはなれ、〝湧きあがる涙〟を探す。あのサイコドをどうしても手にいれなければならないのだ。なんとしても！　わたしが手ぶらでもどってくるはずがないと、ヴィルナ、きみは信じてくれるだろう」

「いや、いやよ！」何度、同じ言葉をくりかえしたことだろう。「ここにはいたくない。わたしをいっしょに連れていって」

「サイコド探しは散歩ではないぞ、ヴィルナ。困難で、危険きわまりない冒険だ」

「それでもいいわ。わたしの決心は変わらない！」ヴィルナはとっさの思いつきで、「いっしょに連れていく気がないのなら、わたしをガイアで降ろして」

ガイア！　ヴィルナはその名に魔法の響きを感じた。

「もうひと晩あとなら」ハルツェル・コルドはいった。

ヴィルナはハルツェルを抱きしめ、出発までいっときもはなれないと心に決める。置きざりにされるのではないかと、恐ろしい不安にとらわれた。

ハルツェルを説きふせ、その晩を彼女のねぐらですごすと約束させる。ヴィルナは徹夜でかれを監視した。

翌日もハルツェル・コルドのそばをかたときもはなれず、旅の支度を手伝った。ふたりのあいだに会話はない。ハルツェルはいつもよりむっつりとして元気がなかった。自分のせいだと、ヴィルナにはわかっている。かれをひどくがっかりさせてしまった。けれども、いまさらどうにもならない。

その夜、ちいさな宇宙船がヴィルナも乗せてスタートした。

ヴィルナは思った。妊娠していることを、いまはまだ告白するわけにはいかない。そんなことをすれば、ガイアに連れていってもらえないだろう。

幕間劇《まくあいげき》　三五八六年一月

「ヴィルナ・マルロイは自分の意志を貫いた。ハルツェル・コルドは彼女をソル・タウンの宇宙港に降ろしたんだ」と、男は語りおえた。

話をしたことで、疲れたようすはない。かえって、くつろいでいる。灰のような色あいが顔から消え、アルビノの男にとっては健康そのものの白い肌になっていた。ベッドから立ちあがって壁ぎわのバアに向かう足どりは機敏で力強い。環境心理学者の女は驚嘆と困惑がいりまじったまなざしで男を追った。やってきたときは助けをもとめる子供のようだったのに、いまはエネルギーを充電した男の姿をして、女の裏腹な感情を揺さぶっている。

男はバアまで行くと、なにか問いたそうに女を振りかえった。男の顔はいわゆる〝童顔〟という表現がぴったりあてはまる。カーヴを描くひろい額と、無邪気な印象の顔を見れば、だれでも面倒をみてやりたい気になった。

「ねえ、シラ」男はグラスをふたつ持ってもどると、つづけた。「ヴィルナ・マルロイには無私無欲の犠牲心のほか、なにもさしだすものはなかったんだ。だから、この役に全力を投入したのさ。でも、ハルツェル・コルドとの出会いはほんとうに偶然だった」

「なぜ、わたしを見て彼女を思いだしたの？　あなたがそんなふうにヴィルナ・マルロイのことを悪くいうなら、いい気はしないわ」

男は愛想笑いを浮かべ、

「きみは彼女に似ている。わたしがそう強調したとおり」そういうと、飲み物に口をつけた。「世話好きなところも。でも、ほかに共通点はなにもない。ほんとうのところ、ヴィルナはおろかで教養に欠ける。彼女のロマンティックなところをプラスに評価することはできない。一方、きみは卓越した知性の持ち主だ。その外見よりも中身のほうが、わたしをひきつける。それこそが、ものごとを決定づけたポイントなんだ」

「なんのこと？」と、女はたずねながら考えた。この男と話をするときは姿を眺めずに、ただ耳をかたむけるのだ。そうすれば、おのずと男の性格が明らかになる。

「わたしはきみにとても強くひかれている」男はまるで深い知識を語るかのように重々しくいった。

「あら」女はうれしそうに、「そんなこと、いままで一度も殿方からいわれたことはないわ」

「そういう意味ではない」と、男はすこし憤慨して、「さっきパラテンダーの話をしただろう。パラテンダーは精神的にわたしと同じ周波を持つ人間だ。われわれのあいだに介在するつながりを、わたしは〝プシ親近感〟と呼ぶ。パラテンダーはわたしの周波に気づくだけの存在だが、きみはわたしと対等だと感じる。ほかのだれよりも強い〝プシ親近感〟を、きみには感じるよ。きみはわたしの周波をキャッチするだけでなく、きみ自身も放射している。おそらく自分では気づいていないのだろうが、わたしにはわかる」

「ほんとう？」女は自信なさそうに、「なんだか、あなたが恐いわ。話題を変えましょう。ヴィルナ・マルロイがそれからどうなったか教えて。子供は生まれたの？」

「生まれなかったら、どうなってる？　わたしはきみの前にいないかもしれない」

「ちょっと待って、よく考えさせて。つまり、彼女はあなたの母親で、ハルツェル・コルドが父親だというの？」

「ふたりがわたしを世に送りだした。だから一般的にいえば、ふたりはわたしの両親だ。でも、わたしがどういう人間であるかはふたりの遺伝子には関係ない。ふたりはわたしに命をあたえただけで、それ以上のことはしていない。とはいえ、わたしの個性は……」

「先を急がないで」女は男をさえぎり、「まず、ひとつずつはっきりさせましょう。そうすれば、わたしも混乱しない。ヴィルナ・マルロイは三四九一年にツォッタートラクトに行ったと、あなたはさっきいったわ」

男は若々しい魅力たっぷりの笑みを浮かべ、

「そして九カ月後、わたしが生まれた。わたしは九十四歳に見えるかな？」

「いいえ、まったくそうは見えない」

三四九二年　ハルツェル・コルド

5

　ガリノルグは待ちあわせの時間より早く到着したが、女はすでに待っていた。会議室にはいると、女はあわてて立ちあがり、テーブルのはしをつかんでからだを支える。ヴィンクランのパンツスーツを身につけているが、伝統的な装束ではなく、ガイアの流行を追ったスタイルだ。女はヴィンクラン人ではない。ゆったりとした衣装を選んだのは、いまの体型をかくすためだろう。女は妊娠していた。

「あなたが真空案内人のガリノルグね？　わたしはヴィルナ・マルロイ。どうぞ、おすわりになって」女はひと息にいった。

　男はうなずき、女の向かいに腰をおろす。女の丸顔はむくんでいるのに、口角のまわりには深いしわが刻まれていた。

「どのようなお手伝いをいたしましょうか？」ガリノルグはかしこまってたずねる。

「あなたがわたしを助けてくれると聞いたから」女は速い息づかいで、「何週間も前から、ハルツェル・コルドとコンタクトをとろうとしているの。でも、だれもかれの居場所を知らない。そうこうするうち、あなたがかれといっしょにプロヴ星系の第五惑星へ調査に行ったと、偶然にも耳にしたから。ほんとうなの？」

「おっしゃるとおりです」

「ハルツェル・コルドは、いまどこに？」

「かれはもどるつもりでしたよ」

「ツォッタートラクトに？」

「すくなくとも、そういっていましたね」

ヴィルナ・マルロイは唇を嚙みしめた。恐れていたことが的中したような顔だ。心の内で、決断をくだそうと戦っている。やがて目をあげると、気が進まないふうに小声でいった。

「わたしをツォッタートラクトに連れていってくださらない？」

「それはできません。しばらくソル・タウンに滞在しようと決めていまして」

「お支払いは充分にするわ」女はクレジットカードをとりだして男の前に置いた。「これをどうぞ。わたしの貯金のすべて。ぜんぶ、あなたのものよ」

「金の問題じゃない。必要とあれば、好きなところに連れていってさしあげます。ただ、あなたのそのようすでは、ガイアにいるほうがいいのではないかと」

「これはハルツェルの子よ」

「それはどうでもいいこと。真空案内人と関係を結ぶ前に、結果を考えるべきだったのでは？　いまさらハルツェル・コルドに復讐はできませんぞ」

ガリノルグははっきりといった。子供といっしょに捨てられたと嘆くガイア女の苦言はもう聞きたくない。かれは立ちあがった。

「誤解だわ」女は唐突にしゃくりあげた。「わたしはツォッタートラクトになどもどりたくない。でも、生まれてくる子がそうさせようとするの。このおなかの子が」大声を出すと、せりだした腹部をあきらめ顔でたたく。「そうしろと、わたしに迫るのよ！」

「子供が？」ガリノルグは驚き、しぶしぶ腰をおろす。「おなかの子がどうやって？」

「信じられないでしょうが、そうなの。でなければ、行きたくないのにツォッタートラクトに行くかしら？　わたしの意志ではない。この子の意志なのよ」

ガリノルグはハルツェル・コルドがコレクションにかける情熱を思った。ハルツェルがプロヴ星系の第五惑星へ調査に出かけたのは、〝湧きあがる涙〟と呼ぶ芸術作品を探す目的があったからだ。結局それは見つからず、ハルツェルはひどく落胆したもの。禁制とされる芸術作品とこの女の宿命のあいだには、なにか関係があるのではないか。そう考えると、ガリノルグは興奮をおぼえた。女を助けたい気がふつふつと湧いてくる。

「あなたがどうしてもというなら、ツォッタートラクトに連れていきましょう」ガリノルグは自分の声がそういうのを聞いた。

あっさり承諾したことにわれながら驚いて、女を見る。女はわけ知り顔で、「あなたに承諾させたのがこの子であったとしても驚かないわ」と、せりだした腹部を指さした。

＊

ツォッタートラクトに飛んでくるヴィンクラン人はほんのわずかだ。ガイア人をツォッタートラクトまで案内する真空案内人となると、ガイア政府が奨励しているにもかかわらず、ひとりもいない。

サイコドがガイア人の手にはいり、ミュータントによる調査が進むと、絶滅した種族の芸術作品は流通禁止とされた。サイコドがプシオン波を発するという情報は新しいものではない。ヴィンクラン人にはずっと昔から周知の事実で、サイコドをタブーとみなしてきた。だから、謎めいた芸術作品に近づかないための禁止令を、わざわざ発布するまでもなかったのだ。

ハルツェル・コルドは例外である。かれはヴィンクラン人に特有の忌避感を持ちあわせていないようだ。あるいは、意識してそれを押しやっているのだろう。

いずれにせよ、ハルツェルは同種族の友がひとりもいないアウトサイダーだ。先入観を持たないガリノルグにとっても、ともにすごしたみじかい期間に、ハルツェル・コルドという男は不気味な存在になっていた。

ツォッタートラクトに着陸したガリノルグは、この幻想的な惑星はハルツェル・コルドのためにつくられたのではないかと思った。この惑星やツォッターの特性、サイコドにかこまれた環境が、ハルツェル・コルドという男を形成したのもまた確実だが。

ガリノルグは長居はしなかった。ヴィルナ・マルロイをブンカーのような建物のうしろにある着陸床に降ろすと、すぐにツォッタートラクトをはなれる。スタート前に、まだ手伝うことはあるかとヴィルナにたずねたが、答えはノーであった。

「ツォッターが力になってくれるから」彼女はそういって断った。

*

サボテンのかげにちいさな生き物があらわれ、醜悪な歌を歌っている。それがブリニッツァーだとわかり、ヴィルナは笑みを見せた。ガリノルグがスタートできるよう、宇宙船からはなれ、ブリニッツァーのほうに近づく。

ツォッターは目をまるくしてヴィルナの腹部を見つめると、

「痛いよ、痛いよ、ヴィルナ」と、すすり泣いた。「とっても痛い病気なの？」

ヴィルナはかぶりを振り、

「病気ではないの。ほんとうなら、よろこぶべき状態なのだけど……この話はやめましょう。でも、びっくりしたわ、ブリニッツァー。あなたたちはどうやって繁殖するの？　妊娠したツォッターを見たことはないの？」

ブリニッツァーは甲高い声をあげ、羽ばたくように腕をばたばたと動かす。円を描いて駆けまわり、すこしはなれると、見るからに不快な顔をしてもどってきた。

「ない、見たことない」と、ヒステリックに歌う。「妊娠は淫らなこと。こっそりと衛生的に」

「なるほど」ヴィルナはブリニッツァーの歌を、こう解釈した。ツォッターの女は妊娠中は身をかくし、出産したらもどってくる。とはいえ、ツォッターはおそらく両性具有だ。一個体に男女の性をそなえ、子孫を持つ時期になると、性の転換が起きるのだろう。この〝女性・母親期間〟には自分が男性であった記憶を失うが、出産を終えて男性にもどるか中性になると、逆に女性であった期間の記憶を失う。過去は記憶から押しやられ……

ヴィルナは複雑なことを考える自分に驚愕した。もちろん想像を膨らませているだけだが、以前なら、こんな当て推量をすることはなかった。そもそもツォッターについて深く考えたこともなく、ただそこにいる存在として見ていただけなのだ。

「あなたがいやなら、この話はもうやめましょう。ハルツェルは元気？」

ブリニッツァーのまぶたの膨らみが痙攣《けいれん》しはじめた。唇をトランペットのようにとがらすと、長く尾をひく口笛を吹く。

「ブリニッツァーはとってもがっかり」やがて甲高い裏声で、「ハルツェル、気を悪くした、食べ物のことで。でも、また檻のなか。ひとりぼっちで、むだ口べらべら」

「そんなにぐあいが悪いの？」ヴィルナはブリニッツァーの意味不明な歌から、ハルツェルが以前にもまして外界から遠ざかっていることを知った。急に心配になる。「かれのところに連れていって」

ブリニッツァーは口笛を吹きながら先を急ぐ。

ヴィルナはサボテンの森が荒れていることに気がついた。草をむしり、寄生植物を駆除するツォッターたちの姿はどこにもない。オアシスは原始の森に変わりはてていた。

ふたりが玄関に到着したそのとき、嵐の到来を告げるサイレンが鳴りひびく。背後で鎧戸が自動的に閉じた。

室内は荒れ放題だ。世話好きなツォッターに仕事を命じる専制君主がいないのは明らかだった。ツォッターはいい手本を必要とする召使いで、みずからすすんで行動することはない。

悪臭に満ち、いたるところが汚れている。すみにはごみの山。床一面に食べのこしがまきちらされ、どのテーブルも、手がつけられないまま腐った食事でいっぱいだ。

「ぜんぶきれいにかたづけなさい」ヴィルナは美術館の装甲ハッチに向かいながら命じ

た。「警報がやんだら、友たちを呼んで掃除をはじめるのよ、ブリニッツァー」

ブリニッツァーは雄叫《おたけ》びをあげた。命令してくれる者がついにあらわれ、ほっとしているようだ。

装甲ハッチまでくると、ヴィルナは呼び鈴を押した。

ブリニッツァーは残念そうに大きくかぶりを振り、

「聞こえない。そんなことしても、むだ」

ハルツェルは外界との接続装置までも遮断してしまったのだ。

「それじゃ、ここで待つことにするわ。ハルツェルが顔をのぞかせるまで、わたしはここを動かない」

＊

ヴィルナの忍耐力はきびしい試練にさらされた。一週間がすぎて、ついに装甲ハッチが開き、ハルツェルが姿をあらわした。

ヴィルナの悲鳴があがる。

ハルツェル・コルドは骨と皮になるまで痩《や》せ細っていた。目だけに生気を宿す死人のような顔。骸骨のごときからだは震えつづけ、両手の動きもとまらない。

「ヴィルナ、ずいぶん太ったじゃないか。久しぶりだね。会いたかった……この腕に抱かせてくれ」

抱かれると、ハルツェルの震えがヴィルナのからだに伝わってきた。肌をあわせるのはおぞましかったが、つきはなすことはできない。

「気をつけろ」と、かれは陰謀をめぐらす者のように耳もとでささやく。「われわれ、敵に包囲されている。全員が敵だ。わたしは負けた。きみは自分で身を守るしかない」

ハルツェルが完全に正気を失っているのは明らかだ。ヴィルナの目に涙があふれる。

「泣かないで、ヴィルナ、わたしが守ってあげるから」そうささやくと、ハルツェルはこうべをあげた。顔に緊張がはしる。耳を澄まして、「敵はそこらじゅうにいる。まわりにも、わたしのなかにも。そう、かれらはわたしを手にいれたのだ。わたしを道具として使い、必要がなくなったいま、ほうりだそうとしている。わたしに同行しなくて、ほんとうによかった、ヴィルナ。だが、気をつけろ。きみは逃げるんだ」

「ハルツェル……」と、いいかけた彼女の口を、ハルツェルは骨ばった手でふさぎ、「さ、きみのねぐらに行こう。あそこならじゃまがはいらない」と、ヴィルナの手をとった。そのままひきずり、ついていけないほど速い足どりで先を急ぐ。ブリニッツァーが困惑してふたりを見送った。

ねぐらにはいると、ハルツェルはヴィルナをベッドに押し倒し、かたわらに自分も身を横たえる。

「わたしは成功した。先ツォッターの謎を解いたのだ」

「それはよかったわ」ヴィルナはいらいらしながら応じた。ハルツェルの気分のうつりかわりが急すぎてついていけない。こちらを恐がらせたかと思えば、同情したい気にさせる。いまは彼女がよく知る不屈の研究者にもどっていた。けれども、内向的なようすはなく、病的なほどよくしゃべる。

「わたしの秘密をきみに打ち明けよう、ヴィルナ。それが、この人生でできる最後のことだから」と、なにかに急《せ》かされるようにいった。髑髏《どくろ》のごとき顔が狡猾《こうかつ》な表情にかわる。「わたしは新しい人生にジャンプした。すばらしい生まれ変わりだ。ヴィルナ、これはまったく現実味のある希望なのだ！　たとえ自分の知識に殺されるとしても、それがわが再生を手伝ってくれるだろう」

「たとえどうであれ、あなたは自分の子供のなかで生きつづけるわ、ハルツェル」ヴィルナは口をはさんだが、ハルツェルには聞こえないようだ。

「だれもが知るように、先ツォッターはパラノーマルな力を発揮してサイコドをつくった。サイコド自体もその力を持つ」と、夢中で語る。「とても魅力的な話だが、真実はもっとすばらしいぞ。わたしはサイコドの素材をパラプラズマと名づけた。先ツォッターはそれで芸術作品を生みだしただけではなく、プロヴコン・ファウストをも創造したのだ。だから、わたしは暗黒星雲をパラプラズマ球体と呼ぶ。すべては真実だ。さらに、もうひとつ」

ハルツェルはひと息おいて、すぐに夢中でつづける。

「先ツォッターがどこに消えたのか、ずっと疑問だったが、ようやくその答えを手にした。かれらは生きている、ヴィルナ。われわれのまわりにいるのだ。サイコドのなかで、パラプラズマ球体のなかで、生きのびている。〝王の目〟と呼ばれる卵をおぼえているだろう？　あれは人の手から手へとさまよいつづけるトロフィーのようなもの。長く手もとに置いておける者はいない。あの目はスパイだからだ。魂と化した先ツォッターが自分たちの秘密王国を監視するための、サイコトロン媒体なのだ」

ハルツェルは狂ったように笑い、

「プロヴコン・ファウストの支配者はわれわれヴィンクラン人ではない。暗黒星雲はプロヴコナーのものでも、きみたちガイア人のものでもない。真の支配者はサイコドやパラプラズマ球体のなかで生きつづけている。かれらがなにを待っているのか、わたしにはわからない。だがいつの日にか、かれらはふたたび支配者となるだろう。わたしはそれを知った。だから、かれらはわたしを殺すのだ」

「こんなことをつづけるのは自殺行為だわ」ヴィルナは大声を出し、「正気をとりもどして、ハルツェル。わたしのために。生まれてくる子のために。この子はあなたを必要としているのよ。ね、聞いているの？　わたし、あなたの子供を身ごもったのよ」

「知っている」ハルツェルは意気消沈して、「とっくに知っていた。〝王の目〟がもたらす情報だけではかれらが満足しきれないと、ずいぶん前からわかっていた。プロヴコン・ファウストで起きた激変に、かれらは順応しなくてはならない。だから、工作員を必要として……」

「もうやめて！」と、ヴィルナはどなりつけ、「なんの話か、わかっているの？　これはわたしたちの子供で……」

「……サイコドの影響下でできた子供だ」と、ハルツェルは締めくくった。上体を起こし、ヴィルナの両腕をつかむ。「その子を産むんだ、ヴィルナ。とめることはもうできない。だが、産んだら、子供のことは忘れろ。一瞥《いちべつ》もくれず、なにも考えるな。子供をツォッタートラクトに置いて、ガイアにもどれ。約束するのだ。そうすると誓ってくれ！」

「でも……」

「宣誓してくれ。きみのために！」

「ハルツェル、痛いわ……誓います。だからお願い、はなして。なんでも誓うわ、あなたが望むなら」

ハルツェルは手をはなした。憔悴《しょうすい》しきって壁にもたれかかり、

「わたしはもうなにもできない。かれらはわたしからあらゆる力を奪う」立ちあがって、

「元気で、ヴィルナ。きみはわたしの人生で最大の失望だった。悟りの道を、わたしについて歩む気がなかったから。だが、いまは、きみがいっしょにこなかったことがありがたい」

ハルツェルは自分の脚で立てないほど弱りきっており、壁に手をつき身を支えながら出ていった。おぼつかない足どりで歩く足音がいつまでも通廊にこだまする。

ヴィルナは身じろぎひとつせず、長いことすわっていた。やがて、ハルツェルのあとを追う。しかし、追いつくことはなかった。かれは美術館の床に倒れていたのだ。絶滅した種族の冷たい芸術作品にかこまれて。ハルツェルはかれらのために生き、結局、かれらに殺されてしまった。方法はどうであろうと。

激痛に貫かれ、ヴィルナは悲鳴をあげた。最後の力を振りしぼり、秘密めいたホールをあとにする。

「ブリニッツァー！　きたわ……陣痛が……」

「ブリニッツァー、すぐ行く」ツォッターの歌声が通廊に響いた。

6

痛みがひくと、痛みの頂点に達したときのほうがましであった気がする。絶頂に達すると知覚機能が麻痺し、なにも感じないから。

いまは薄いヴェールをかぶせたような感覚がのこるだけだが、痛みを完全に忘れることはない。

最初の陣痛の記憶は鮮明だ。耐えられない痛みではなかったものの、それはあまりに突然やってきた。

しかし、ヴィルナは気丈に耐えた。ブリニッツァーがすぐかたわらにきて、彼女を地上車に乗せる。なぜここで出産できないのか、どこに連れていくのか、と問うと、意味不明の歌で答えた。

やがて嵐が到来した。サボテンの森をぬけた直後、ふたりは砂嵐に巻きこまれる。砂粒が車体にあたる耳ざわりな音に負けじと、ブリニッツァーは大声で歌った。

嵐がおさまると、ブリニッツァーはツォッターの言葉で甘い歌を歌い、ヴィルナはすっかりおちついた。できれば眠りたかったが、よせては返す波のような痛みに休まることはない。

「もっと歌ってちょうだい」ブリニッツァーが黙りこむと、ヴィルナはたのんだ。しかし、ツォッターははっきりしないしわがれ声を発するだけ。この状況を乗りこえられないのは明らかだ。いままで妊婦を見たことがなく、お産の手伝いができるはずもない。

ヴィルナは車の床にうずくまり、規則正しい揺れに身をまかせた。たまに顔をあげて外を見るが、そこは彼女の見知らぬ土地だった。

いつしか車は渓谷を走っていた。ブリニッツァーが奇妙な声を出す。

「かわいそうなブリニッツァー。こんなことになるなんて、夢にも思わなかったのね」

「夢にも思わない！　ブリニッツァーはとっても神経質」

車がとまった。ブリニッツァーは降りない。よく通る声で叫んだだけだ。ヴィルナがドアを開けると、ツォッターがふたり近づいてくる。ブリニッツァーと合唱してから、ヴィルナにつきそった。ブリニッツァーはさよならもいわずに去っていく。ヴィルナは洞穴に連れていかれた。まわりは真っ暗だ。

いたるところで苦しそうな悲鳴があがる。ここはツォッターの産院なのだろうか。ヴィルナはパニックに襲われた。野蛮な儀式に身をゆだねなければならないかもしれない。しかし、恐れたようにはならなかった。洞穴ですごす時間は悪夢となったが。

あたりのようすはまったく見えず、まわりであがる悲鳴があらゆる騒音をのみこんでいる。やがて、ヴィルナ自身も痛みで悲鳴をあげた。

暗闇のなか、いつ衣服を脱がされたのかわからないが、はちきれそうな腹部に冷たい液体を塗られたときには、全裸であることにほっとした。

両腕を縛られ、口になにかが押しこまれる。目かくしをされ、耳栓をされ、胴のまんなかに幅広の帯を巻かれて、しっかりと締めつけられる。

そのあとは長いことなにも起きなかった。いつ終わるともわからないなら、死んだほうがましだとヴィルナは思った。

けれども、死にはしなかった。痛みが消え、口ではいえないほどの安堵感をおぼえる。腕を縛っていた縄が解かれ、なにかが手に押しつけられた。耳栓がはずされると、泣き声が耳に飛びこんでくる。

自分の産んだ赤ん坊だ。男の子だったが、それはずっと前から知っていた。

ヴィルナは壁のせまいくぼみに運ばれ、赤ん坊を抱いて眠りにつく。いつしか目がさめると、壁にかこまれていた。食事をさしいれるちいさな穴がひとつだけ開いている。えたいの知れない食べ物が供されたが、死ぬほど空腹だったので、平らげた。

結局、どのくらい閉じこめられていたのかわからない。感覚が鈍くなっていて、食事の回数も数えなかった。何度、赤ん坊に母乳を飲ませたかすら、思いだせない。

そこから出されたときには、よろこびも安堵も感じなかった。赤ん坊はすぐに布でくるまれる。おかげで姿を目にせずにすみ、ありがたかった。

しかし、感謝したのもつかのまのことだった。

洞穴の出口に到着すると、ツォッターふたりが赤ん坊をくるむ布をとったのだ。かれらはほんとうの父親でも見せないほどの誇りに顔を輝かせている。

ヴィルナは赤ん坊を見て悲鳴をあげた。白い肉の塊りのようだ。ツォッターのような大きな頭をしているが、頭髪は豊かで、なんと、目を開けている！　大きな、意志の強そうな瞳。

ツォッターのひとりが赤ん坊を抱きとったことに、彼女は感謝した。

「いっしょにのこる？」と、もうひとりのツォッターが歌う。「あずかるならもどる？」

「ええ、ええ、この子をお願い」ヴィルナはほっとしていった。ツォッターが育ててくれれば、自分にとっても子供にとっても最良の道だ。「この子はあなたたちのもの。わたしはいらない」

うしろめたさは感じなかった。どのみち自分の子ではない。自分は産んだだけなのだ。

渓谷のはしで、ブリニッツァーが地上車に乗って待っていた。ふたりは無言でオアシスにもどる。着陸床にはハルツェル・コルドの船の横にもう一隻、宇宙船があった。

そのときガリノルグが姿をあらわし、

「あなたが元気かどうか、見にきたのです」

「まるで、呼ばれてきたみたいね」ヴィルナはうれしそうにいうと、かれの頸に抱きついた。「わたしをガイアに連れてもどって。ここのことはなにもかも忘れなくては。ガリノルグ、あなたは……」それ以上いうのをやめ、考えこんでから、つけくわえる。

「きっと、ほんとうに呼ばれたのね。でも、もうどうでもいいわ。あなたがわたしを連れていってくれれば、それで充分よ」

幕間劇　三五八六年一月

「当時の出来ごとをそんなにくわしく、どうやって知ったの？」環境心理学者のシラがたずねた。「あなたは関係者しか知りえない詳細を語り、感情や動機を、まるで自身のことのように話している。そうやって物語を脚色しているだけかもしれないけれど」

「きみも心理学者なら知っておくべきだが、わたしは自己顕示欲の強い男ではない」と、男は応じ、「その正反対で、つねにうしろにひかえている人間なんだ」

「その話を、どこで知ったの？」

「わたしは関係者だといわなかったか？」

「まだ生まれていなかったでしょう」

「それは関係ない。ヴィルナ・マルロイは身ごもった瞬間から、わたしが影響をあたえていると感じていたし、ずっとのちもそう思っていた。母のおなかにいたときの完璧な記憶はないが、わたしもそうだと信じている。ま、すべて霧のなかだけどね。わたしがヴィルナ・マルロイについて知っていることは、彼女から聞いた話だ。わたしが語ったほど筋の通った話ではなく、断片的だったが。もちろん、望まれて生まれた子供ではないと、ヴィルナがすすんで話したわけじゃない。彼女は最近まで、受精したときにサイコドのプシオン波を浴びたせいで息子の成長が決定づけられたと信じていた。わたしが調べたところ、それを証明する兆候がいくつか見つかったんだ。決定的な証拠はまだ手にしていないが。この若々しい顔つきも特異な能力も、ヴィルナ・マルロイやハルツェル・コルドからうけついだものではない。サイコドに由来するものなのだ」

「あなたをツォッタートラクトに置いていった母親とは、のちに再会したのね？」

「ああ。わたしはツォッタートラクトでツォッターにかこまれて成長した。でも、ちいさいころの記憶はほとんどない。生まれてから六年のあいだに起きたことより、胎児のときの出来ごとをはっきりおぼえているなんて、まったく不思議だ。ツォッターたちがわたしを同胞のようにあつかってくれたことだけは、よくおぼえている。ブリニッツァーが蛇に嚙まれて死んだのは、たしかわたしが五歳のとき。そのあとはべつのツォッターがわたしの世話をひきついだ。ミルニッツァーと呼んでいたよ。ガリノルグも定期的にやってきた。サイコドがそうさせたにちがいない。わたしはガリノルグを、ハルツェル・コルドのコレクションの管理人にした。かれにはほかに選択の余地はなかったんだ。ツォッタートラクトですごした子供のころの記憶はそれくらいだな。自分自身、思いだしたくないのかもしれない。わかってくれるね、シラ？　このころの話はスキップしよう……」

三四九八年から三五〇四年　ボイト・マルゴル

7

ヴィルナ・マルロイは宇宙船での任務を再開した。銀河系からの避難民の流れはとだえることなく、救援活動はいっそう危険なものになった。ラール人や超重族の捜索が巧妙さをまし、人類のかくれ場は見つかりやすくなっている。それでも、プロヴコン・ファウストはまだ平和で安全な孤島だ。より多くの避難民が、ガイアにあらたな故郷を見つけることとなった。

《コルモラン》が着陸すると、ヴィルナはすぐ自宅に連絡した。応対したヴィク・ロンバードに、

「迎えにきているると思ったのに」と、非難めいた口調でいう。

「すまない」ヴィクは家にいた理由は告げず、「航行はどうだった？」

「いつもどおりよ。特別なことはなにもなかったわ、サー。こまかいことはあとでね」

「待ちどおしいな」と、皮肉な調子で、「きみはわたしにとり、銀河系に通じる延長アームだから、ヴィルナ」

「ね、なにかあったの、ヴィク？」

「万事順調だよ。年金生活をぞんぶんに楽しんでいる。じゃ、あとで」

ヴィジフォンのスクリーンが暗くなる。ヴィルナはグライダーを借り、住所を入力した。ヴィクに調子をあわせるのがむずかしいと感じるときがある。とくに、自分が任務からもどったときなどは、なおさらだ。

ヴィク・ロンバードはネルコン艦長が引退したあと《グルスメス》の艦長に就任し、そのわずか一年後、超重族との戦闘で、艦と片腕を失った。腕については完璧な義肢を装着できたが、新しい艦は得られない。ヴィクは内地勤務を断った。宇宙船での任務に二度とつけないことが耐えられなかったのだ。五年前、ヴィルナが自分のもとにひきとったとき、ヴィクはどん底だった。麻薬と酒におぼれたのはいうまでもない。ヴィルナはかれが立ちなおるまで、惜しみない愛情をそそいで辛抱強く待った。けれども、ヴィクにとり、ヴィルナは人生の意義になりえなかった。かれはいつも不機嫌で、ヴィルナがいっしょのとき幸せそうに見えたとしても、すぐにふさぎこんでしまう。そんなふうにして、ふたりはきょうにいたったのだ。

ヴィルナは家路を急いだ。

家はソル・タウン一の近代的な居住区にある。グライダーはそこからすぐ近くの駐機場に着陸した。五週間前に任務に出かけたときは敷設すらされていなかった搬送ベルトが、いまは作動している。しかし、ヴィルナは利用しなかった。あまりにゆっくりだから。

帰宅すると、玄関が開いている。

「ヴィク?」いやな予感がして、名を呼んだ。かれが泥酔してヴィルナのもとから逃げたのは、はじめてではない。「ヴィク、いるの?」

応答がない。居間はかなり散らかっている。テレビがつけっぱなしだ。いつものように、銀河系のニュースを二十四時間放映するチャンネルにあわせてある。ヴィルナはスイッチを切った。

いきなり訪れた静寂のなか、ひきずるような音が聞こえた。足音だ。寝室につながる通廊を近づいてくる。背の高い、痩せた男があらわれた。禿頭のヴィンクラン人だ。

ヴィルナには男の正体がすぐにわかった。

「ガリノルグ!」名前が口をついて出る。「きてたの?」

「すぐに失礼します。ツォッタートラクトでの仕事が待っているから」

それだけいうと、彼女のわきをすりぬけ、出ていった。ヴィルナには事情がさっぱりわからない。男のうしろ姿を見つめ、追いかけようとしたが、ヴィクのことを思いだす。

通廊を振りかえると、見知らぬ少年が近づいてきた。

ヴィンクラン人の青白い肌をしたアルビノだ。深いブルーの大きな瞳は強い意志の輝きをはなっている。目をひくのは、つきでた額にまっすぐおろしたトルコブルーの髪。金属的なきらめきも感じられる。ヴィルナはハルツェル・コルドのサイコドをなんとなく思いだし、はっとした。

思わずあとずさる。少年は立ちつくし、賢そうな目でこちらを眺めていた。身長からすると、年齢は……六歳ほど。しかし、目は子供の目ではない。並大抵のことでは、この強い視線から逃れられないだろう。

そのとき、少年が楕円形をした金属リングを首につけていることに、ヴィルナは気がついた。リングにはクルミ大のアミュレットがさがっている。磨く前のクリスタルにも似た荒削りなものだが、ハルツェル・コルドのサイコドの素材を彷彿《ほうふつ》させる。

少年は自分のものだというふうに片手でアミュレットを握った。わずかに挑戦的な視線をヴィルナに向けたまま。

「ツォッタートラクトから、ガリノルグに連れられてきたの？」ヴィルナはぼんやりとたずねる。「では、おまえは……？」

少年はうなずいた。ソフトだが子供らしくない声で、

「ぼくはいまからあなたといっしょにいる。いつまでいるかは、そのうちわかる」

少年の背後で大きな物音がした。ヴィクが居間になだれこんでくる。血ばしった目をして、義肢ではないほうの手で頭をかかえ、義肢の指で少年をさしてわめいた。

「そいつはだれだ？　ヴィンクラン人が連れてきて、わたしに面倒をみろといったんだ。外にほうりだそうとしたら、首にぶらさげたアミュレットをわたしに向け……その先は思いだせない」

　少年はヴィクにアミュレットを奪われるのではないかと思ったらしく、急いで衣服の下にかくす。すすり泣きをはじめ、ヴィルナにすがりついた。彼女は少年を抱きしめると、優しくなでて、

「わたしの息子なの。父親はハルツェル・コルド」

　ヴィクは呆《ほう》けたような顔でヴィルナを見つめ、

「死産だったのでは？」

「面倒だから、つくり話をしたの。まさか、こんなことに……でも、もういい。この子がきたからには、わたしが育てるわ」

「運命にしたがうしかないな」と、ヴィク。不審そうな横目で少年を眺め、「おまえの名は？」

＊

　ヴィルナは少年をボイトと名づけた。当局との手続きを案じていると、ボイトが自分を養子として登録すればいいと提案する。実際に、それがいちばん手っとり早い方法だ

った。ヴィルナは少年を銀河系からきた孤児のボイト・マルゴルとし、自分は母親がわりであるとする。

だが、これで問題がすべて解決したわけではない。

ボイトが異質な生活条件に慣れるには困難がついてまわった。はじめての夜には、いきなりヒステリーの発作を起こす。テレビのスピーカーから、けたたましいサイレン音が響いたときのこと。

まるで正気をなくしたように家じゅうを駆けまわり、窓ガラスをたたき割り、こぶしを壁に打ちつける。最後には床に身を投げ、頭をかかえてうずくまった。

「砂嵐の警報ではないのよ、ボイト」と、ヴィルナはいい聞かせた。「ガイアで砂嵐は吹かないわ。だから家に防御設備はないの」

しかし、いくらいい聞かせてもむだだった。ガイアでのサイレン音が嵐の到来を告げる警報ではないとボイトがわかるには、長い時間がかかった。はじめのころは屋外で車のクラクションを聞いても、地面につっぷしたもの。その噂がひろまり、子供たちはサイレン音をまねしてボイトを驚かせ、からかった。

だが、それがもとでボイトは一匹狼になったのではない。たしかにアルビノは他人と違うから、友をつくるのはむずかしいが、外見のせいというわけではなかった。ガイアは無数の人種と種族のるつぼで、偏見は存在しない。ところが、ボイトの精神的な異質さに子供は大人よりも敏感らしく、かれを恐れるようになる。攻撃は最大の防御だとばかりに、さまざまなやり方でボイトをいじめた。

ボイトはどんな攻撃も黙ってうけたが、母親にだけは真実を打ち明けた。

「あいつらが嫌いだ！　いつか仕返ししてやる」

「殴られたからといって、殴りかえすのはいけないことよ」と、母は息子をいさめた。

「心配しないで、ヴィルナ。そんなことをするつもりはないから」ボイトは約束する。

〝母さん〟という呼びかけを口にすることはめったにないが、ヴィルナはがまんした。

近所に住むクロエンという八歳の少年は、とくにボイトにつらくあたった。かれの両親はヴィルナやヴィクと親しく、少年ふたりを仲よくさせようと尽力してはみたのだが。

クロエンは音楽の素養があり、スポーツも得意で、技術や自然科学の分野で華々しい成績を修める模範的な生徒だった。友はすくないが、信頼できる級友としてのカリスマ性もそなえており、それで不満はなかった。

クロエンの才能は父譲りだ。父親の専門は異生物学だが、あらゆる分野に精通するオールラウンドの天才だった。ヴィンクラン旅行の土産にと、息子に小型の愛玩動物を持ちかえり、町じゅうの大評判となったことがある。クロエンにとって、その動物はたんなるペットではなく、研究対象にもなった。両親は息子が〝ムンゴ猫〟をいじめたり、非道徳的な実験をしたりしないことを、誇りに思っていた。

しかし、ボイトはそれをくつがえしてやるつもりだ。その機会はすぐに訪れた。クロエンの両親が子供たちの仲をとりもとうと、ヴィルナ、ヴィク、ボイトを家に招いたのだ。

クロエンは相《あ》いかわらず見栄っぱりで、憎々しい態度をとる。ボイトは謙虚に礼儀正しくふるまった。自分が大人の目には天使のようにうつることを知っていたから。

「ぼくにムンゴ猫を見せてくれない、クロエン？」ボイトはていねいな口調でたのんだ。

「そしたら尻尾をひっぱる気だろ！」クロエンは意地悪く応じる。

ボイトの目に涙があふれた。

「そんなふうにいってはだめよ、クロエン」母親のベロン夫人が息子を叱る。

「クロエンはムンゴ猫を生きたまま解剖しちゃった、かわいそうに。だから見せられないんだ」ボイトは涙ながらに訴えた。

「ばかいうなよ」クロエンは証拠をしめそうと、部屋を出ていく。

もどってきてからは、あっという間の出来ごとで、なにが起こったのか、だれもほんとうにはわからなかった。クロエンだけが予感していたのかもしれない。ヴィクとヴィルナもなにかの気配を感じとった。ヴィクによれば、ボイトのまわりの空気が〝振動していた〟という。

クロエンがムンゴ猫の飼育ケージを持ってあらわれ、ボイトが近づく。その顔は紅潮し、はりつめていた。まるで、強いストレスにさらされながら、そのはけ口を見つけられずにいるように。しかし、やがてはけ口を見つけたのか、瞬時に緊張がゆるんだ。

クロエンの悲鳴があがる。ボイトはよろめき、転ばないようにバランスをとった。クロエンの手からケージが落ちて蓋が開き、ムンゴ猫であったとおぼしき物体が転がりでた。干からびてしわくちゃの毛皮が、漂白されたようになっている。

「ひどい！」と、ボイトは大声で、「あいつ、かわいそうな動物を殺したんだ」

ぐったりとしたボイトを、ヴィルナは家に連れかえった。以来、クロエンには動物虐待の悪評がついてまわり、ボイトがかれにわずらわされることはなくなった。

＊

「おまえには勉強させることがたくさんあるわ、ボイト」

「ツォッタートラクトでいっぱい学んだよ、ヴィルナ」

「荒野での経験なんて、文明のなかでは役にたたないものよ」

「学ぶことは大好きだ」

「人生に必要となる知識をひとりで身につけることはできないわ」

「じゃ、家庭教師を？」

「小学校でもいいのよ。ほかの子供たちといっしょにすごして、仲よくなれるという利点もあるから。永遠にひきこもっているわけにはいかないでしょ」

ボイトもひきこもっている気はない。

「ベロン教授ではぼくを教えられないかな？」

「その力はあるだろう」と、ヴィクが口をはさみ、「でも、おまえのためにひと肌脱ぐ気があるとは思えんな」

「ヴィクなんか嫌いだ。こんな無神経な男は大嫌いだ」と、ボイトはヴィルナの耳にささやいた。それから大きく声に出して、「一度、かれにたずねてみようよ」

ヴィクはそんなことで〝友たちのもの笑いの種〟になるのは避けたいと反対したものの、ヴィルナは翌日、さっそくお膳だてをととのえた。ベロン夫妻が玄関をはいるかはいらないうちに、ボイトは口ばしる。

「ぼくの家庭教師になりたくないですか、ベロン教授？」

「そうだね、どういえばいいかな？」と、ベロンはおもしろがって応じた。しばらく黙りこみ、天使のようなボイトの顔をのぞきこむ。ボイトはその視線を避けて目を閉じた。集中しているようだが、いつかのムンゴ猫騒ぎのときほど緊張してはいない。その場のだれもが、言葉では説明のつかないなにかを感じた。しかし、だれもそれがボイトに関係するとは思わず、ちぐはぐな態度を見せたもの。

ヴィクはあわててグラスに口をつけ、ヴィルナは額の汗をぬぐい、ベロン夫人はひきった笑顔で立っている。

「きみのためにひと肌ぬごう、ボイト」と、ベロン教授がいった。

自分の言葉に驚いたのか、教授はわずかに顔を曇らせた。しかし、その日からベロンは定期的にやってきて、ボイトと一、二時間いっしょにすごすようになった。たまに長居することもある。訪れる時間はそのたびごとに違うが、いつでもボイトは教授を待っていた。一度、真夜中にやってきたときも。

「火事はどこだ、ボイト？」と、教授はやってくるなりたずねた。「ほんとうに緊急事態なのか？　じつは妻にベッドのなかで迫られるからね。きみがこんな時間にわたしを救いだしてくれるのは、もっけの幸いというもの」

ヴィクは物音で目ざめ、通廊からふたりのようすを盗み見ていた。ベロンのリラックスしきった家庭教師ぶりにはずっと前から気がついている。ボイトに一般教養を伝授するのはたやすいようだ。たいていはボイトが質問をして、ベロンが答える。ボイトは日常のことはたずねない。超能力は遺伝するか、自分はヴィンクラン人の父親からプロヴコン・ファウストの星間物質カバーのなかを飛行する能力をうけついでいるか……ボイトがそうきくのを耳にしたことがある。ただ、ボイトは〝星間物質カバー〟とはいわず、べつの表現を口にした。ヴィクにはもう思いだせないが。

そのとき、ボイトの声が聞こえてきた。

「ぼくの素質について、あなたから聞いたことをよく考えてみたんだ、ホルヘ。あなたの口ぶりでは、ぼくはミュータントで、さまざまな力の作用と遺伝子配列によってそうなったというような話だけど、その意味をぜんぶは理解していない。でも、理解する必要もない。重要なのは、ぼくが手にできる力のことだけだから」

「それでわたしを呼んだのか？」ホルヘ・ベロン教授は不機嫌に、「なにもかも優しく説明してやったではないか。きみが直感しているとおり、きみは自分と同じプシオン性周波を持つ人間に力をおよぼせる。プシ・エネルギーを蓄え、いつか放出する。きみと同じ周波を持つ人間に命中すれば、その人間を自分のものにできる。プシ・エネルギーがとどく範囲はまだせまいが、時がたてば変化する。いまのところ、きみが〝話しかけられる〟のはわずかな人間だ。ヴィルナとわたしだけがきみと〝プシ親近感〟を共有する。ヴィクは……きみもはじめから気づいたように……きみのプシオン波を感じない。だから、きみはかれを嫌う。自分のプシオン波に気づかない者たちに対しては、敵対的な態度をとるのだ。子供たち、とくに同年代の者たちは、きみのプシオン波に免疫を持っている。クロエンはその顕著な例だ」

「すると、ぼくがあなたに影響をあたえていると気づいていたわけだ。それを冷静に口にできるけれど、抵抗はできない」と、ボイト。ヴィクはそう聞いてぞっとした。なにか飲み物をとりにいってもよかったが、あえてその場を動こうとはしない。

「抵抗しようとしたことなど一度もないよ、ボイト。きみの能力を発展させたいから」と、ホルヘ・ベロン教授は、「きみが悪い方向に行くのを阻止したい。だが、いまはそのときではないようだ。眠くなった。もどって寝るよ」

「帰ってはだめだ！」ボイトは命令口調でいった。

「しかし……」

「口答えするな！　すわれ！」

ベロン教授は曖昧《あいまい》な笑みを浮かべた。ボイトをおちつかせようと思ってか、せかせかと手を振る。汗がどっと噴きだした。少年の命令に、死にものぐるいで抵抗しているかのようだ。しかし、努力の甲斐なく、ついに腰をおろす。

「これを見たかったんだ」ボイトは勝ち誇って、「あなたや、あなたと同じような者がぼくの思いどおりになるところを。それどころか、ぼくはそれ以上のことができるんだ。部屋の外で、ヴィク・ロンバードがぼくたちの話を盗み聞きしている。出ていってスパイに一発お見舞いしてやれ。これは命令だ、ホルヘ！」

たくましい男とはとうていいえないベロン教授は、立ちあがると、ヴィクに近づく。しかし、手を振りあげる前にヴィクの一撃をくらい、脱兎《だっと》のごとく逃げかえっていった。

8

ボイト・マルゴルはしばしば家出するようになり、その期間もしだいに長くなっていった。あるとき、家出して十日後に、治安官の男ふたりに連れられてもどった。すっかり瘦せて汚れ、悲しげにすすり泣くボイトを、ヴィルナ・マルロイは優しく抱きしめた。ヴィク・ロンバードが尻をたたいてやるというと、立ちはだかって息子をかばう。ヴィクは歯嚙みしてひきさがるしかなかった。

「なにを泣いているの？」と、ヴィルナはボイトに話しかけ、「もどってきたのだから、またうまくいくわ」

しかし、ボイトは荒れ狂うばかり。どうにもならない怒りを自分にぶつけ、家具をひっくりかえし、壁に頭を打ちつける。

「あのふたりにされるがままだった。どんなにがんばっても、ぼくの周波はとどかなかった」と、わめきながら。

ヴィクの堪忍袋の緒《お》が切れた。ボイトを膝にかかえ、耳もとでささやく。

「わたしをまるめこむことはできないぞ、ちびの悪魔め。性根をたたきなおしてやるから、覚悟しろ」

ボイトはぶたれることなど平気だが、ヴィルナの同情をひこうと泣いた。あとでヴィクとふたりきりになると、

「強がるなよ。おまえなんか、すぐにお陀仏だ」と、すごんでいった。

数日後、ボイトはふたたび家出した。二週間がたち、家を出たときと同様、突然もどってきた。しかし、こんどは落ちぶれた姿でなく、とりみだしてもいない。勝利者然と玄関をはいってくる。ヴィクが跳びかかろうとすると、わきから見知らぬ男があらわれた。すりきれたコンビネーションを着用し、腰に武器ベルトを巻いた、筋肉質の男だ。

「フェロ・ストラニッツ。かつてのプロスペクターで、プロヴコン・ファウストにかくれていた」と、ボイトは男を紹介する。「かれのような友を、ぼくは長いこと探していたんだ。フェロはきょうからここで暮らす」

「そんな流れ者、家から追いだしてやる！」ヴィクは怒り心頭に発して叫んだ。けれども、ヴィルナが立ちはだかり、

「ボイトがねぐらを提供しようというからには、いい人なんでしょう」

「ありがとうございます、奥様」と、フェロは慇懃《いんぎん》にいった。ヴィクを横目で見て、

「わたしの実の子のように、ボイトの面倒をみることにします」

＊

「これ以上はだめよ、ボイト」半年たったころ、ヴィルナは息子に告げた。「フェロはもうここにはいられないと、伝えてちょうだい。わたしが任務からもどる前に、この家を出ていくように」

「そのとおりだよ、ヴィルナ」と、ボイトは、「この家には出ていくべき者がひとりいる。でも、フェロじゃない」

「どういうこと？」

「ヴィクを追いだして」

「でも、ボイト……わたしはヴィクを愛しているの。かれもわたしを必要としているわ。あの流れ者のために、ヴィクを追いだせなんていわないで」

「ぼくはヴィクが嫌いだ。だから、しかたない」

ヴィルナはすすり泣いたが、ボイトはかたくなだった。あわれむような顔を見せ、同情するふりをしているだけだ。

「男が必要なら、フェロはどう？」と、ボイト。

「あの落ちぶれたプロスペクター？　いったいなんのこと？　こういう話はおまえにはわからないのよ」

「フェロがいやなら、ぼくがほかの男を連れてきてあげる。まかせてよ、ヴィルナ。ぼくの周波はずっと遠くまでとどくようになったと、ホルヘがいっていた。ふさわしい男が見つかるよ。ヴィクは追いださないと」

「そんなことをいうなら、おまえをひとりのこして任務には出かけられないわ」

「ぼくはひとりじゃない。友がいる。だから安心して行ってきて。あなたにとって任務がどれだけ大切か、ぼくは知っているから。他人を助けられると自覚することが、あなたにとって重要なんだ。ここにもどったときは、世界が違って見えるよ」

ボイト、ヴィク、フェロの三人はヴィルナを宇宙港で見送った。ヴィルナが《コルモラン》から眺めると、仲よくよりそって手を振る三人の姿がある。一見、平和な光景に、いやな予感をおぼえて彼女は飛びたった。

しかし、銀河系での三週間におよぶ任務のあいだは、プライヴェートを忘れて仕事に専念した。避難民の問題にくらべれば、自分の悩みなど無意味なもの！　不幸な人々を助けるという自覚がリフレッシュ休暇のように作用し、生まれかわった気分でガイアにもどった。

ところが、高揚感は長くはつづかなかった。

《コルモラン》を降りると、すぐに政府の人間二名が近づいてきたのだ。

「あなたはヴィク・ロンバードと同居していますね、マルロイさん？　ご同行願えます

なかったのです？」

「ヴィクになにか？」と、ヴィルナは不安そうに、「なぜ、もっと早くに知らせてくれなかったのです？」

か？　確認していただきたい人物がいまして」

「《コルモラン》がもどるのを待っていたのですよ。あなたによけいな心配をさせないために」

彼女は遺体安置所に連れていかれ、死者を見せられた。義肢でまちがいなくヴィクとわかる。ひと目見て気分が悪くなった。遺体はすっかり干からび、ミイラ化して、皮膚が羊皮紙のようになっている。

直接の死因は全身の細胞核の急速な収縮によるもので、新種の伝染病ではないかといわれた。

ヴィルナはきかれたことに答えながらも、心ここにあらずだった。クロエンのムンゴ猫を思いださずにはいられない。あれはヴィクと同じ姿に変わりはてていたではないか。しかし、それを口にすることはなかった。

一連の手続きを終え、政府のグライダーで帰宅した。ボイトはひとりではなかった。フェロのほかに、家にはもうひとり見知らぬ者がいたのだ。

ブロンドの髪に、面長のシャープな顔だちをした、痩身《そうしん》で背の高い男だった。

「かれはハモン」と、ボイトは、「ヴィクのいない寂しさをなぐさめてくれるよ」

もう限界だ。ヴィルナは自分の部屋に逃げこむ。ボイトが追いかけてきて、「あなたが望むなら、ヴィルナ、友たちを追いだすよ」と、優しくいった。「ぼくも、かれらといっしょじゃないほうがいいから。ぼくとふたりきりがいいの、ヴィルナ？」

彼女はうなずいた。

＊

ヴィルナの衰弱は最近はじまったのではない。何年にもわたってつづいていた。六年前、突然ボイトが家にあらわれたそのときから。まもなく心身の疲れがぬけなくなり、救援船での任務ができなくなる。以来、仕事はせず、ボイトに面倒をみてもらった。どこで金の工面をしているのか、ヴィルナはたずねない。質問も指図もせず、ボイトの好きにさせた。ただ、他人の目には息子をきびしくしつける母親とうつるようにふるまった。かれがそう望んだからだ。

ボイトが見知らぬ男を連れてくることは二度となかった。フェロと、ヴィルナにあてがうつもりの宙航士を追いだしたのを最後に、家を訪れる者はいない。ホルヘ・ベロンをのぞいては。

しかし、ボイトが〝パラテンダー〟と呼ぶ〝友〟と会っていることを、ヴィルナは知った。ある日、かれのあとをつけ、見知らぬ家にはいるところを目撃したのだ。自分もあとを追って家にはいる。すると、見知らぬ者たち七名に見つかってしまった。

ボイトは激怒し、すんでのところで母親を殴るところだった。翌日、あやまりにきたかれは、詫びとしてアミュレットをヴィルナの手に握らせた。それはボイトがやってきたあの日、一度だけ目にした首飾りだ。

荒削りなアミュレットから奇妙な力が伝わるのをヴィルナは感じる。じっと眺めていると、そのなかに、ツォッターに似た小人の姿があらわれた。笑みを浮かべて目配せし……ボイトがヴィルナの手からアミュレットをとりさると、その姿は消えてしまった。

「もういいだろう」ボイトはアミュレットを衣服の下にしまう。「これはぼくのパラテンダーのためのものなんだ。かれらはぼくを教祖かなにかだと思っているが、ぼくがかれらにどんな力をおよぼせるかは知らない。ぼくは自分のあらたな方向性を知ることができたんだ、ヴィルナ。ホルへはぼくに、地下にもぐれとアドヴァイスした。人知れず生きるには、もうひとつの存在をつくらなくてはならない」

ボイトはヴィルナに対してはおのれの思いを口にする。彼女が反抗することは絶対にないと確信しているからだ。ボイトにとってヴィルナは嘆きの壁であり、おそらく若返りの泉でもある。急速な老化の一途をたどるばかりの彼女に対し、ボイトは永遠の若さを独占しているように見えるから。かれは天使の顔を持つ年齢不詳の子供だ。たとえいくつになってもこの顔をたもちつづけると、ヴィルナは確信している。一方、彼女は三十四歳だというのに、老婆のごとく、死や終末に救済を見いだすようになった。

ヴィルナはボイトが吸血鬼のように自分の生命力を吸いとっていることを知っていた。それでも、息子が帰ってくるとうれしかった。かれに隷属することも厭わない。

「わたしがいなくなったら、おまえはどうなるかしら？」と、ボイトにたずねてみた。

「ぼくはとっくにひとりで歩ける」ボイトは応じ、「それに、ホルヘがいるから。かれはすばらしい先生だし、まだ利用価値がある。あなたがいなくても生きていけるけど、ホルヘがいなくなったら、どうしていいかわからない」

こんなひどい言葉にも、ヴィルナは慣れていた。

その一週間後、ホルヘ・ベロンがやってきた。ヴィルナは気晴らしになるとよろこんだ。ボイトは不在だと告げると、ホルヘは彼女に会いにきたのだという。それを聞いて、もっとうれしくなった。

「お別れをいいにきた」と、ホルヘ。かれもまた、急速に老化していた。「ボイトとの関係を終わりにしようと」

「それはできないわ、ホルヘ。あの子にはだれよりもあなたが必要なの。すこし前に、わたしにそういったのよ」

ホルヘはつらそうに笑った。

「ヴィルナ、もうがまんの限界だ。ボイトを導いて成長させられると考えたが、ばかげたことだった。かれのほうがわたしに影響をおよぼし、意のままに操っているのだからね。だが、実際はすこし違う。わたしは服従するほかなく、ボイトに害をおよぼすようなまねはできないが、それでも人間としての健全な理性は持ちつづけてきた。かれの奴隷であると同時に、かれの良識でもあり、批判者だった。ボイトもわたしの人格を消してしまうほどの力は行使しなかった」

「ボイトはほんとうは悪い子ではないわ。善悪を超越したところにいるのよ」

「わたしも最初はそう考えた。だが、かれをわれわれの社会のよき一員にしようという努力は水泡に帰し、自分が見こみのないことをしていると思い知ったのだ。ボイトにはモラルも、倫理観もない。かれは人間の価値を認めない」

「あの子のことをそんなふうにいわないで、ホルヘ」

「だが、これが真実なのだよ、ヴィルナ。ボイトはどんな型にもはまらない。心理学者が〝情性欠如〟と呼ぶ状態だ。他人への思いやりも、恥じらいも、自尊心や良心をも欠き、自分の衝動をなりゆきにまかせている。わたしはもう支えきれないんだ」

「これからどうしようというの、ホルヘ?」

「わたしはテコンティーン星系の第四惑星へ調査に行くことになっている。そこならボイトと充分な距離がとれるし、これで終わりにできると思う」

「そんなやり方で、自分に課せられた義務から逃れられると思うの?」ヴィルナはどなりつける。「どうかしているわ、ホルヘ。テコンティーン星系に行っても、ボイトはあなたのシュプールを見つけ、裏切りを罰するはず」

「また会おう。元気で、ヴィルナ」

一週間後、ボイトが帰ってきた。すっかりうろたえ、

「ホルヘが死んだ」と、ヴィルナに打ち明ける。彼女自身も命がつきる寸前だ。「テコンティーン星系の第四惑星で事故死した。そのニュースを見る前に、わかっていたんだ。ショックで、ぼくも死にそうだよ」

「ひとりで乗りこえなさい」ヴィルナは息子をなぐさめ、ホルヘがかげでいったことを話して聞かせた。

「くそったれ！」ボイトはわれを忘れて大声を出した。「ぼくを見捨てるなんて、なんと恥知らずな男だ。ホルヘを失って、ぼくはどうすればいい？　かれに、とことん依存していたから。もういまはあなたしかいない、ヴィルナ」

しかし、それもつかのまだった。

ヴィルナはボイトの腕のなかで死んだ。

幕間劇　三五八六年一月

男は窓辺に立ち、町を一望した。

「テラニア」と、つぶやく。「数年のうちに、この町はふたたび銀河系の中心となる。地球が復帰したときに最初の一都市として存在していること、はじめからともに発展することが重要なのだ。プロヴコン・ファウストとはまったく違う可能性がある」

男はひとり言のように語った。女には男の言葉は断片的にしか理解できない。思考の飛躍にまったくついていけず、男が明かしたことを自分なりに嚙みくだくだけだ。かれが明かしたのはおのれの人生のほんの一部だけだが、くわしく語ったことを考えると、それがもっとも重要な部分なのだろう。

「ホルヘ・ベロンが亡くなって、あなたはどうなったの？」女は話が脱線しないようにたずねた。男をひきとめ、時間を稼がなければならない。男に語らせていれば、この状況に不審をいだく機会をあたえないですむ。

「ホルヘが死んで、わたしの成長は足ぶみした」男は苦々しい口調で、「実際、また最初からはじめなければならなかった。かれは教師であっただけではない。わたしのために考える頭脳だったのだ。わたしにかわって将来の設計図を描き、わたしのために戦略を練り、わたしが発見されるのを阻止する安全策を講じる。これらすべてをホルへにまかせていた。わたしはかれの理論を実践にうつすのに必要な命令をくだすだけだった。ヴィクを排除するというアイデアを授けてくれたのもホルへだ。とはいえ、かれに責任を押しつけるつもりはまったくない。そもそも、わたしに罪の意識などない。ホルへはきわめて道徳的な男だから、〝多くを知りすぎたヴィクは、きみにとってさらなる脅威になる〟と、告げただけ。それで充分だった。わたしはその意味を理解して、機を待ち……ヴィクのおかげですぐにチャンスはきた。かれはわたしを脅迫したのだ。だから、ああするしかなかった。わたしは苦境に追いやられ、自己防衛しただけだ。自分を追いこむ者は、だれであろうと殺す」

女は考えこんだ。

「わたしのもとにきたとき、あなたは追われたといったわ」息をのんで、核心に触れる。「切迫した状況では、相手を殺す以外に道はなかったの？」

「実行したのはパラテンダーたちだ。わたしは運よく罠に気づき、逃げることができた。わたしを追いつめたやつらがどうなったかは知らない。でも、安心しろ、シラ、ここまでは追ってこないから」

「そんな心配はしていないわ……」女は気がかりを振りはらい、話題をもとにもどす。かれが自分の過去を明かせば、ボイト・マルゴルという男を解明する鍵が見つかるだろう。これまで、かれ自身のことはほとんど知らなかった。

「ホルヘ・ベロンが亡くなってから、あなたはどうなったの、ボイト？」

「ひどくおちこんだ……いっただろう、わたしはかれに依存していたと。なにかに手をつけられるようになるまで、長い時がかかった。〝プシ親近感〟を持つ他者を見わけることすら、長いあいだできないでいた。ホルヘの自殺で、自分の能力を失ってしまったのだと考えたよ。あれが自殺だったのは確実だ。聡明なホルヘは、わたしからはなれる方法はひとつしかないと知っていた。つまり、死だ。自分がいなくなれば、わたしが破滅すると思っていたのはまちがいない。たしかに、長いこと、わたしはそんな感じだった。だが、危機を乗りこえ、しだいに回復していったのだ。

　つねに他人を自分のために働かせてきて、教養など身につける必要はないと思っていたから、はじめソル・タウンでは肉体労働につくしかなかった。やがてあるとき、ちょうどわたしと周波が合致する男と出会った。名前はカール・ミッチェル。なんでもない男だが、わたしには自分の能力で調教できる貴重な相手だった。カールにつづいてほかのパラテンダーを獲得し、影響力のある地位に据えて、自分はかれらのトップに立ち、力を増していった。けれども、二度と他人に依存しないことをつねに考えて行動した。

手綱をこの手にしっかり握り、背後で糸を操る。それがうまく機能した。わたしはプロヴコン・ファウストの黒幕となり、権力を握ったのだ。だが有頂天にはならず、切り札を温存し、ガイアの秘密帝国をゆっくりと人知れず拡大していった。プロヴコン・ファウストの諸種族を支配できる強大な力を手にする日がくるのを、辛抱強く待ちながら」

ボイト・マルゴルが話しおえると、シラはわけ知り顔でいった。

「でも、長く待ちすぎたのね。あなたのもくろみは〝巡礼の父〟計画によって頓挫した。人類は復帰したテラに移住し……」

「ばかな！」ボイトが怒ってさえぎる。「わたしにとって、プロヴコン・ファウストからの大脱出は好都合だったさ。ずっと以前に、決定的な出来ごとがいくつかあったのだ」かれはひと息おいた。女の目をのぞきこみ、優しい声で、「わたしには良心の呵責《かしやく》などないと思っているね。だがそれは違う、シラ。もちろん、自分が人類にまさるとは感じているが、だからといって、人類が劣っているわけではない。わたしはかれらとはまったく違う存在なのだ」

「いいたいことはわかるわ」女は考えこんで、「自分の同類に対しては、良心の呵責を感じるといいたいのね。でも、それはたんなる理論であって、けっして証明できない」

「いや、シラ。証明したのだ。わたしはいま、自分が感傷的になっていると認めるよ」

「あなたのような人を見つけたのね？」

それはかれにとってのキイワードだった。

三五二四年から三五七九年　ブラン・ホワツァーと仲間たち

9

ジンバット・ホワツァーは上機嫌だった。世界を抱きしめたいくらいに。一週間前、妻のミレが息子を出産したのだ。友たちを招いて内輪のパーティーを催すことになった。ところが、ジンバット・ホワツァーは社交的な男で友が多く、内輪のパーティーは総勢六十名の大宴会となる。

ミレはパーティーのホステスとして孤軍奮闘していた。ジンバットは給仕ロボットをレンタルし、地元の料理人に料理を追加注文して、妻の負担を軽減する。おかげでミレは客の接待に専念できたが、これも骨の折れることであった。

つねにだれかと乾杯しなければならない。グラスの酒をちびちび舐めるだけでも、いつしかほろ酔いかげんになっていた。

庭ではマルティ・シンセサイザーが誕生日ソングを流しつづけ、客は〝跡とり息子〟や〝ジンバット・ジュニア〟という呼びかけのフレーズを合唱して盛りあがっている。

「いや、息子をそんなふうにするつもりはない」ジンバット・ホワツァーは大声をあげた。中背で小太りの、いかつい顔をした男だ。すでに酔いがまわっており、足もとはおぼつかない。「わたしは、父がわたしをジンバットと命名するのを認めたおぼえはないぞ。ジンバット・ホワツァー……なんという響きだ！」

「息子さんの名前はもう考えたのか？」

ジンバットは妻に優しく腕をまわすと、うなずいてうながす。

「ブランにするつもりなんです」と、ミレ。

一同はその名を次々と口にし、すばらしい響きのする名前だという顔をしてみせた。たとえそれが社交辞令であったとしても、ジンバットとミレはかまわない。自分たちの決めた名前に満足しており、それが大切なことなのだ。

「さ、王子様をもう一度見せてくれ！」

ミレはあきらめ顔でため息をつく。もう何度、息子の顔を見せに客を子供部屋に案内したことだろう。この大騒ぎに嫌気がさしていたが、ジンバットのためならと、芝居をつづけた。

「愛しているよ」子供部屋に向かいながら、ジンバットが妻にささやいた。人々はわいわい騒いで、ふたりのあとをついてくる。部屋の前までくると、ジンバットのきびしくもユーモラスな命令が響きわたり、人々を黙らせた。

「諸君！　ブランを泣かせた者には一週間の育児義務を課する」

だれもが爪先立ちで部屋にはいり、趣味のいいデザインと全自動揺りかごに小声で感嘆する。赤ん坊が監視機器にかこまれて無味乾燥な大きな箱に寝かされているのは、ミレにはどことなく寂しい感じがした。シンプルなベッドのほうがよかったが、息子は生まれたときから最新技術のたまものを享受すべきだと、ジンバットがいいはったのだ。救いようのないテクノクラートだが優しい心の持ち主で、かれほどの親ばかはいない。

客たちはぽかんと口を開けて揺りかごをかこんだ。写真を撮る者もいれば、両親といっしょに赤ん坊を眺め、決まり文句を口にする者もいる。

「かわいくないぞ！　きみに瓜ふたつだ、ジンバット」

ジンバットは顔をしかめて揺りかごをのぞきこんだ。息子のしわだらけの顔を怪訝《けげん》そうに眺め、

「わたしの顔はこんなに醜いのか？」

ミレは夫が冗談を飛ばすのを黙って見ている。

「ちょっとだけいいかしら？　こんなぽっちゃりしたかわいい子を胸に抱きたいわ」

「一度あなたのご主人に相談してみたら、ジェーン？」

「あら、冗談ではないのよ、ミレ。とってもかわいい子ね」

さらに写真が撮影された。

「きみの息子にひとつ望みをかけるとしたら、それはなんだね、ジンバット？」

「鼻がわたしに似ないこと」と、ジンバットは即答。おかげで客の笑いを誘い、静粛をもとめるはめになる。「諸君、ブランを起こした者はどうなるか、思いだしてくれ。では、そろそろ……」

そこで言葉をとめた。人垣を割って、見知らぬ男が揺りかごに近づいてくるのが目にはいったのだ。中背で、からだにフィットした衣装を着用している。異様なまでに薄い胸と長くほっそりした手足が人目をひいた。

さらに異様なのは男の顔だ。アルビノの真っ白な肌には、自然を超越したなにかが感じられる。夜空の色をした目と、メタリックな輝きを持つ髪。ひいでた額の上に前髪を盛りあげ、サイドはぴったりとうしろになでつけている。そのコントラストが奇妙だ。男は全自動揺りかごに視線をはりつけたまま、おだやかな笑みを浮かべる。

「だれなの？」と、ミラは小声でたずね、夫にしがみついた。

ジンバットは肩をすくめる。客でないことだけはわかっているが、口にしなかった。男が揺りかごの前に立ったとき、首飾りをしていることに気づいたからだ。それは楕円形のリングで、見慣れない金属か鉱物でつくられた塊りがぶらさがっていた。

男は揺りかごの縁をつかんで身をかがめ、

「きみはわたしと同類だね」と、媚《こ》びるような甘い声でいう。それだけだった。首にさげた荒削りの塊りを握ると、ホワツァー夫妻を振りかえって、

「禁じられた芸術の力がかれを守るだろう！」

男が背を向ける直前、ミレはアミュレットの荒削りな表面に、目配せする小人の像が浮かびあがったのを見た。恐怖で悲鳴をあげる。ブランが目をさまして泣きだした。客たちが騒ぎはじめる。ジンバットは話しかけようと男を追ったが、その姿はもうどこにもなかった。

＊

ブラン・ホワツァーは父と同じ農業技術者になりたいとずっと思っていた。村や農場を設計・建設し、ガイアの人々に手を貸してファトロナ大陸を開拓する……しかし、子供時代の夢のつねで、それがかなうことはなかった。ひとつには、父親がブランをべつの方向に教育したから。また、かれ自身の興味が農業学から、長年の謎である超常現象へとうつったことも、理由のひとつである。

おのれの超能力に気づき、それを行使するようになってはじめて、自分の人生は自分で決定できるものではないと感じた。真実を知ったのはずっとのちのことだが。

ブランの人生には見知らぬ男が幽霊のようにひそんでいた。どこのだれかも知らないが、容姿だけははっきりしている。胸の薄い、痩身の男だ。驚くほど白い肌と印象的な瞳を持つ天使のような顔。磨く前のクリスタルにも似たアミュレットを肌身はなさず持っている。

ブランは自立したのちにその男を懸命に探したが、情報はなにひとつ手にはいらなかった。男の存在を証明するものはない。

六歳のとき、男のことをはじめて耳にした。

父がめずらしく家で休暇をすごしていたときのこと。両親が声をひそめてなにやら話すかたわらで、ブランは玩具に熱中するふりをしていた。ふたりの声がどんなにちいさくても、ブランの耳にははっきり聞こえた。自分には興味のない話題だ。

ところが突然、かれは耳をそばだてた。

「……六年前、いきなりブランの部屋にはいってきた、あの見知らぬ男のことが頭からはなれないのだ。男の言葉をおぼえているか？　『きみはわたしと同類だね』と。息子があの青ざめた幽霊と似たところがまったくないのはさいわいだが」

「ブランの鼻が自分に似ないようにとあなたが願ったことはおぼえているわ、ジンバット。でも、その願いはかなわなかったみたいね。ブランはあなたに瓜ふたつだもの」

父は母の言葉を無視してつづけた。

「あの男のことをもう一度耳にするのではないかと思えてならない。男は自分の言葉に確信を持っていたようだ。しかも、輝きをはなつめずらしい魔よけを首にかけていた。わたしは迷信を信じないが、あれはブランにとって宿命的な出会いだった気がする」

「そうだとしたら、見知らぬ男はブランに幸運を運んできたのだわ」

八歳のとき、ブランははじめて母の嘘を見破った。ひとりで留守番をしていたときのこと。母が予定の時間をすぎても帰らず、ブランは心配になった。やがて母は帰宅すると、パイプ軌道のトンネル事故で足どめされたと語る。

しかし、ブランはそれが真実でないと感じた。理由はわからないが、母が嘘をついたと確信する。以来、上手に嘘をつく母の口もとをしげしげと眺めたもの。とはいえ、実際は口もとを見なくても、母の感情の揺れを超能力で感じていたのだが。

その半年後、ブランはまた母の嘘を見破る。大切な客がくるからといって、母はかれを知人宅に行かせた。そのときはまだ、なんの予感もなかった。ところが家にもどり、客はこなかったと母がいうのを聞いて、それは違うと確信した。

客はたしかにやってきたのだ。その証拠となる気配が室内に漂っていた。しかも、それは母から発散されている。それを追うと、心の目に映像がうつしだされた。

衝撃的な映像だった。以前に父が語ったとおりの男といっしょに、母がすわっている。ブランは男を目《ま》のあたりにした。それは母の目を通して見ているから、恐ろしくはない。実際に男は驚くほど痩身で、不用意に動けばからだのまんなかで折れてしまいそうだ。胸で揺れる不恰好な塊りは、ブランの目には粗末なものにうつる。

映像が消えたとたん、ブランは自分の部屋に駆けこんで泣いた。母が嘘をついたことにはそれほどショックをうけていない。説明のつかない現象が見えたことが、ただ恐ろしかったのだ。かれはとっさにそれを〝過去をうつす絵〟と呼んだもの。

のちに、その現象を深く調べ、自分の恐ろしい能力をときおり操ることができるとわかってからは、〝体験再現〟というあらたな名前で呼ぶことにした。だからといって、恐さが減ったわけではないが。

青白い顔をした見知らぬ男は、定期的に母と会っている。きまっていつも父の外出中だ。ブランは一度、母の体験再現において男が話す声を聞いた。

「ブランが出世するように、わたしがとりはからおう」

ブランは母の会話を盗聴していることを恥じた。しかし、好奇心は恥にまさる。このジレンマからぬけだすには母と話すしかない。母を見あげ、呼びかけてみた。

「あの痩せたアルビノがまたきてたんだね！」

「なんのこと、ブラン？」

ブランの目から涙がこぼれる。すすり泣きながら、かれは告げた。母が直近にどこでなにをしてすごしたか、感情を読んで知ることができるのだと。揺りかごで眠る赤ん坊の自分をわずらわせた、あの恐ろしい男が母に約束した内容も。

母はブランが悪い夢を見たのだということしかできず、いっしょに泣いた。最後には、男と会っていたことを父親には内緒にしてくれとたのんだ。

「かれはあなたに好意を持っているわ、ブラン。あなたにはなにが最良か知っている」

それからの母は注意深くなった。〝痩せたアルビノ〟とは二度と会わなかったか、ブランが体験再現できないよう、密会のあとに充分な時間をおいたかのどちらかだ。当時のブランは……現在は十歳だが……他者の感情の揺れを、遠い過去にさかのぼってまで追うことができなかったのである。

とはいえ、ブランが自分の不運な才能を呪い、ときに忌み嫌うにはそれでも充分だった。そして、十歳の誕生日に重大事件が起きる。

父親はいっしょに祝うため、大陸の南端からソル・タウンにもどっていた。ブランはプレゼントのつつみを開けながら、自分の不幸をすべて忘れた。まもなく玩具に夢中になり、両親の姿が消えたことにも気づかなかった。

どれほどの時間がたったかわからないが、母親が頬をわずかに染め、いつもと違う目をしてもどってきた。なにごともなかったかのようにブランのかたわらにひざまずき、話しかける。息もつがず話すため、ブランは不審に思った。

「どこにいたの？」

「お父さんの荷ほどきを手伝っていたのよ」

ブランは母を見ただけで、事情がわかった。おぞましい映像が目にうつる。

「嘘だ！　嘘だ！　絡みあって、キスしてた！」

ちょうど部屋にはいってきたジンバットが凍りついた。

「なんのことだ？」と、身震いしてたずねる。

「ぼくはわかってる」ブランは心の痛みに耐えかねて大声を出した。「ごまかせないぞ。ぼくはなんでも見とおせるんだ。パパやママの考えや感情が教えてくれるんだ、いまさっきなにをしてたか……」

ブランは罪悪感を感じて口をつぐんだが、遅すぎた。両親の真剣に会話する映像が目に見える。ふたりの断片的な会話を再現してみた。

「あの子が同じ年ごろの子供たちとは違うことに、ずいぶん前から気がついていたわ。苦しまぎれについた嘘を見破られるのは、ほんとうに恐ろしかった」と、母。

「たいしたことではない。あの子は超能力を持っているようだ。テレパシーのようなものさ。その才能を伸ばしてやるべきだろう」と、父。

「どういうふうに？」

「超心理学者に相談しよう。あの子をテストしてもらうんだ。一度、問いあわせてみるよ。でも、ブランには内緒にしておいたほうがいい」

ブランはそれを耳にした。父はかれの能力を軽く見ているようだが、その能力のおかげでテストの日程も知った。知ったことはほかにもある。父がはからずも、どういうテストであるかを口にしたのだ。おかげで、対処法までわかった。

「超心理学者がいうには、どのようなテストをされるかブランは知らないほうがいいそうだ。知ったら興奮しすぎて、超能力を打ち消す作用があらわれる。すると、能力を発揮できなくなる」と、父。

「心配だわ、ジンバット」

「ばかばかしい。ブランは学校の定期テストくらいに思うさ。かれはごく自然にディスカッションに誘われる。なにげない会話のなかで、ときどきテスト参加者がわざと嘘をついたり、ディスカッションの前にしていた行動について違うことをいったりするんだ。ブランがテレパスかエンパスなら、真実に気づく。それを試験官は誘導尋問によって知ることができる、というわけだ」

そこでブランは準備した。すべきことはわかっている。実際のテストでも誘導尋問など平気だった。嘘や偽りは見ぬいたが、それを悟らせない。一週間にわたってつづいたテストは楽しいゲームのようにすら思えた。いい訓練にもなった。テストが終わり、首席試験官は、ブランに超能力はないと両親に告げる。ブランの勝ちだ。人生においてまたとない経験を得たのである。

自分がミュータントだと認識されることはけっしてないだろう。

＊

ブラン・ホワツァーは劇的な出世を遂げた。自分自身ではなんの努力もしていない。大学すら卒業せず、たいした仕事もしていないのに、二十四歳で大企業の副社長に就任した。高い地位についたにもかかわらず、かれの〝アポロ協同研究所〟がどのような業務をしているのか、いまだに知らない。

自分がダミーであることはよく承知している。それでも、おのれの人生から切っても切りはなせない、あの見知らぬ男に近づくには、これが唯一の方法に思えたのである。いまようやく、そのゴールに達した。

「〝かれ〟がお目にかかりたいそうです、ホワツァーさん」秘書はただそれだけいった。ブランにはだれのことであるかわかっている。自分をひきたて、仲介人を通じて現在の地位をあたえてくれた、あの男だ。

ブランがこれまで接触してきたのは仲介人たちのみだった。かれらの正体はすぐには暴けない。しかし、超能力のおかげで、あの〝痩せたアルビノ〟が背後にひそんでいるという手がかりを得ることができた。

専用リフトで高層ビルの最上階に向かう。リフトの扉が開く前に、壁にはめこまれた蓋が開き、ロボット音声が聞こえた。

「パラライザー、ミニカム、警報機はここに置いてください」

だれかに見られている気がしたが、迷わず指示にしたがった。大企業の社長が自分をスキャンもせずに迎えいれるとしたら、それはそれで気がかりなことだ。

リフトの扉が音もなく開く。ブランは屋上庭園に足を踏みいれた。まるで別世界のジャングルのようだ。葉陰から長身の男があらわれ、近づいてくる。骨と皮だけの、日焼けした男だ。ブランが失望をかくしきれないでいると、男はそれに気づき、勝ち誇ったようにほほえんだ。握手の手をさしのべ、

「わたしが社長です。心配はご無用。退屈させる気はないから。わたしがここにいるのは体裁をつくろうためだけ。〝かれ〟はすぐにあなたに接触するはずです。ここで知りあいに会ったとしても、驚かないでくださいよ」

男はブランに思わせぶりに目配せすると、リフトに消えた。

ブランはまたひとりになった。小道をそぞろ歩きながら、エキゾティックな花に目をやるふりをして、その人物を探す。

気がつけば、かれの前に立っていた。他人の記憶から知ったとおりの姿をしている。痩身に、薄い胸。人を油断させる天使の顔だち。胸には、多くの者を魅了し惑わすアミュレットがある。

「ついにこの機会がめぐってきてうれしいよ、ブラン」と、男はよく響く声で、「ボイトと呼んでくれ。さ、話すことがたくさんある」

「あなたはわたしのために運命をもてあそんでやったと、ひどくうぬぼれているのだろ

う」ブランは冷たく応じる。「そして、こちらの同意をもとめようとは一度も思わなかったた」

「すべてをはっきりさせようではないか」ボイトは媚びるように、「もっと早くに接触したかったのだが、危険すぎてね。わたしはきみと同じミュータントだ、ブラン。われわれ、いわゆる兄弟なのだ。きみと同様、わたしも自分の能力を懸命にかくしてきた。それはわたしのほうがうまかったようだが。きみは尾行されていた。気づいたかな？」

「もちろんだ。あなたのしわざだ」と、ブランははげしい口調で応じ、「生まれてからずっと、わたしはあなたの庇護下にあった。あなたがわたしの運命を導いたおかげで、のびのびと成長することができなかった。だから、あなたが憎い！」

「それはいずれきっと変わる。わたしの計画を聞き、きみがわがパートナーになれば。話をもどそう。きみは尾行されていたといったが、それは二年前からだ。子供のころ、超能力をテストされたことはおぼえているね。きみの早すぎる出世の理由として、それが話題になった。そこで、ＮＥＩ工作員が投入されたのだ」

「嘘だ！」

「いや、真実さ。きみの親友クロエン・ベロンはＮＥＩ工作員だった。じつは、かれが狙っていたのはこのわたし。父親が死んだのはわたしのせいだと思っていたから。だが、きみのことも憎んでいた。わたしと同じミュータントだからな。それでも、きみを通じてわたしに接近するため、道具として利用したのだ」

「クロエンが裏切り者？　そんなばかな！　そうであれば、わかったはずだ」

「きみはかれを信頼していたから、調べようとはしなかった、ブラン。それが大きな間違いだったのだ。ま、わたしがかれを〝修正〟してやったが」

「どういう意味だ？」

「もうどうでもいい。われわれ、もっと重要なことを話しあわなければ。きみの眼前には大きな未来がひろがっている、ブラン。きみはキャリアの頂点に到達したと思っているね。だが、まだスタートに立っただけ。いつの日にか、ブラン、わたしはプロヴコン・ファウストの支配者になる。そうしたら、きみと権力を分かちあうつもりだ」

「あなたは狂っている。話をそらさないでくれ。クロエンはどうなったのだ」

「われわれにとり、クロエンは危険すぎる存在だった、ブラン。だから、スクリーンから消えてもらうしかなかった。きみに疑いはかからない。心配するな。なぜなら、きみもスクリーンから消えるのだから。公式に、きみは死んだことになる。すでに手はずはととのえた」

　ボイトが藪をかきわけると、死体が横たわっているのが見えた。ミイラのようにしぼんでいる。

「クロエンのなれのはてだ。殺すしか、ほかに方法はなかった」

　ブランはふらふらとあとずさった。変わりはてた死体はもう見ていられない。気分が悪くなる。

「これで、われわれの共同作業を妨げるものはなにもない、ブラン」と、ボイトは感情のない声で、「きみの過去に通じる橋がすべて落ちたら、第二の人生を創造できる」

　ブランがその意味を理解するまでに、長い時間がかかった。

「怪物め」ただひと言、ブランはいう。

　踵を返した。ボイトがあとを追う。ブランはリフトの扉にもたれかかり、ボイトを正面に見すえた。

「わたしを屈服させることはできないぞ、ボイト。あなたの力もわたしにはおよばない。クロエンのように殺すしかないな。だが、殺されないかぎり、わたしは一生を賭けてあなたを狩りたてる」

　ボイトは悲しげにかぶりを振った。

「なぜそんなふうにしか考えられないのだ、ブラン。わたしは殺人者ではない。人を殺すのは正当防衛からだ。きみのことは……兄弟のように愛しているのに」

　ボイトが心からそう思っているのはまちがいない。けれども、ブランの耳には侮蔑に聞こえた。

10

ボイト・マルゴルはおのれの権力を拡大させつづけた。同時にブラン・ホワツァーの行方も追ったが、得られた情報は多くはなかった。ブランが過去の失敗から学び、地下にもぐったためである。

ブラン・ホワツァーは神出鬼没で、姿をあらわしても痕跡をのこさず消えてしまう。ボイトが強力なパラテンダーたちを送りこんでも、その接近に気づいたとたん、行方をくらました。体験再現能力によってパラテンダーの正体を見破るから。

ボイトはかれに〝過去センサー〟の異名をあたえた。

三五六七年八月のある日、ボイトはブラン・ホワツァーの新情報を耳にした。パラテンダーによると、ホワツァーは近ごろ、ダン・ヴァピドという名の若者といっしょに潜伏しているという。

ボイトはその若者を集中的に捜索した。けれども、情報は多くない。ダン・ヴァピドはごくふつうの市民を両親に持ち、相応の人生を送っている。ただひとつ、ボイトの注意をひいた事実があった。たいした意味はないかもしれないが。

三五四八年、ボイトが高層ビルの屋上庭園でブラン・ホワツァーと決別したその日、ダン・ヴァピドは生まれていた。

それが偶然であろうとなかろうと、ボイトはこの男を監視することにした。まもなく、ダン・ヴァピドにも超能力があるらしいとわかる。とはいえ、情報はやはり乏しく、かれの能力について確証は得られなかった。

ヴァピドがホワツァーとともに潜伏する前を知る者は、そのすぐれた記憶力を褒め、〝天気を操る男〟だとほのめかした。それはヴァピドが天気を予言できるということなのか、天気に影響をおよぼせるという意味なのか、意見はさまざまだった。

とはいえ、そののち相いついで起きたふたつの事件から、ボイトは後者の可能性が高いと考えた。

ブラン・ホワツァーとダン・ヴァピドがソル・タウン郊外で目撃されたとの情報が一パラテンダーによってもたらされ、ボイトはグライダーで当該地区に向かったもの。生暖かい夜で、暗黒星雲やわずかな恒星の輝きが空を照らしていた。雲はひとつも見あたらない。ボイトはグライダーを降り、ふたりのシュプールをたどった。

ところが突然、嵐が巻きおこり、冷たい疾風に足をすくわれそうになった。

街路樹にしがみついていると、目の前にかざした自分の手すら見えないほどの濃い霧がたちこめる。

数分後、すべては終わり、天候は回復した。ふたりのシュプールを見つけることはできなかった。グライダーにもどると、待機していたパラテンダーから、天気はずっと良好だったと聞いた。

その翌日、なぜかアポロ協同研究所の屋上庭園に雷が落ちた。美しい緑は文字どおり炭になったが、そのほかの被害はまぬがれた。

ボイトは確信した。〝天気人間〟ダン・ヴァピドが雷を落としたにちがいない。自分の暗殺をもくろんだのだという推測は除外できなかった。こちらが極力、アポロ協同研究所を避けて秘密のかくれ場から糸をひいていることを、ブラン・ホワツァーは知る由もないのだから。

それから十二年間、ボイトはブラン・ホワツァーの消息をいっさい耳にしなかった。三五七九年になってようやく、パラテンダーがシュプールを嗅ぎつける。それはファトロナ大陸中央部にある湾に浮かぶガングロス群島の、とある島に通じていた。

＊

そこは無人島のようだ。しかし、ボイトが前もってパラテンダーを送って調べさせたところ、北部にある要塞にふたりの暮らす痕跡が見つかった。ボイトはパラテンダーが設置した物質転送機を利用して、島にわたった。

ホワツァーを甘く見てはいない。自分をおびきよせるためにシュプールをのこしたのではないだろうか。だから、リスクは冒さない。

その晩は島に泊まった。翌日、一グライダーが堂々と飛来。あたかもボイト自身が降りたったかのように工作したのだ。

その後、パラテンダー二名を同伴し、要塞に向かった。ところが途中、同行者ふたりをしたがえたブラン・ホワツァーに遭遇する。

ひとりは十二歳ほどの少女だ。痩せたからだに膝までとどくだぶだぶの衣装で、不潔な感じがしなくもない。もうひとりは身長二メートルほどのひょろりとした男で、歩くときに両腕をぶらぶら揺すっていた。

「では、あなたはわれわれを見つけたわけだ、ボイト」と、ホワツァーはにやりと笑って、「つまり、こちらの挑戦を想定していたということ」

ボイトはなだめるように両手をあげ、

「ずいぶんきびしいな、ブラン。わたしがきたのは、きみと和平を結ぶため。きみへの共同作業の申し出はまだ生きている。しかも、そちらの友ふたりにも同じ提案をしよう。われわれの同類だと察するが、そうだろう？」

「それはどう解釈するかによる。ふたりはわたしと同じミュータント。だが、あなたとわれわれ三人に共通点はひとつもない」

「それでも、われわれ、うまくやっていけるはず。わからないな、ブラン。きみのように能力のある男がこんな孤島にかくれているとは！　能力を腐らせるだけではあきたらず、才能豊かなミュータントをふたりも連れて、こんな寂しいところを徘徊し……」

「むだだ、ボイト」ホワツァーはさえぎった。「ダンと〝リレー〟はなんでも知っているのだ。ふたりはわたし同様、あなたを忌み嫌っている。まるめこもうとしてもむだだ。われわれの最強の武器は、あなたのパラ強制インパルスに免疫があること」

「リレー？」ボイトはおうむがえしにいって、怪訝そうに少女に目をやり、「なぜ、リレーと呼ばれているのだ？　名前はないのか？」

「いつかきっと、〝マルゴル殺しの女〟と呼ばれる日がくるわ」と、少女が答える。その声に、ボイトはわずかに身震いした。「それはあすかもしれない。だって、持てる力をぜんぶ使い、あなたを生きてこの島から出さないから、マルゴルさん」

「こんな子供に、きみはなにをしたんだ、ブラン？」ボイトは驚いてホワツァーを見つめ、「わたしを殺すなど、畏《おそ》れおおくてできるはずもないだろう？」

「われわれにとり、あなたを殺すのは神聖なことなのだ、ボイト」と、ダン・ヴァピドがブランにかわって応じ、「あなたにはすでに一発お見舞いした、ボイト。わたしが次に投げつける稲妻は、きっとあなたに命中し……あなたを殺す」

「なぜだ？」ボイトは理解できないというふうに、「わたしはきみたち三人にまさっている。にもかかわらず、対等のパートナーシップを提案しているのだ。きみたちをこの島もろとも吹きとばすことも、好きなように殺すこともできるのだぞ。それでも共同作業を提案し、きみたちにおもねり、へりくだっているのだ。なぜ、そんなにわたしを憎む、ブラン？　なぜ、そのふたりまで、きみのように無慈悲にさせた？」

　ブラン・ホワツァーはかぶりを振って、

「あなた自身の行動がそうさせたのだ、ボイト」少女を指さし、「リレーはあなたの通信を盗聴し、自分が耳にしたことから考えた」ひょろりとした若者に目をやり、「ダンはあなたの手口を〝プシ分析〟して、あなたを憎み軽蔑するようになった」自分自身の胸を指でたたき、「わたしにはハンディキャップがあるが、パラテンダーの感情や体験を再現することで、あなたの行動を正確に知ったのだ、ボイト。憎しみは増長するもの。だから、わたしがあなたをどうみなしているかわかるだろう。それでも、折りあいをつける方法はあるかもしれないが」

「いいだろう。条件はなんだ」

「われわれに身をゆだねろ。そうすれば再教育してやる」と、ブラン・ホワツァーは冷たく、「それ以外に道はない。いますぐに決めてくれ」

「気でも狂ったのか、ブラン！」と、ボイト。口ではいわれぬ怒りがこみあげる。けれども、三人が自分にいだくような憎しみを感じることはできなかった。いまでも、かれらを手にいれたいと願っているから。

ボイトは三人が発するものが変化したのを感じた。直接、敵対心を向けられたわけではないのに、大気が超心理性の静電を帯びたようになる。

次の瞬間、急激な気温低下が起きた。ボイトは本能的に、蓄えていた超心理エネルギーを相手に向けて放出。いかなる生物も急速に縮ませてしまう致命的なエネルギーだ。ところが、ミュータント三人はこれをはねかえし、それがパラテンダーたちを直撃した。

ボイトは救うことができず、かれらの死を目のあたりにする。

自分の命があったのはなによりだった。嵐のなかを必死に走り逃げ、リレーと呼ばれる女が盗聴していると知りつつ、ミニカムに向かって叫んだ。

「グライダーのスタート準備をしろ。すぐに搭乗するから」

しかし、実際に向かったのは転送機の方向である。それが作戦だった。転送機までくると、グライダーを操縦するパラテンダーにスタート命令をくだす。グライダーは離陸して急速に上昇し……高度二百メートルで閃光をはなって爆発した。それを見とどけ、ボイトは転送機にはいって身の安全を確保する。

次にすべきことはわかっていた。

＊

ガリノルグがボイトをツォッタートラクトに連れていった。ボイトはパラテンダーに胸の内を打ち明けたいと思ったことは一度もないが、ガリノルグは例外だ。

「サイコドのことは惜しまれる、ガリノルグ」ハルツェル・コルドの美術館で、ボイトはヴィンクラン人にいった。「わたしは先ツォッター芸術作品の、最後までのこった謎を解くつもりでいた。けれども、研究はいつもあとまわしになり、結局、手遅れになってしまった。ハルツェル・コルドの解釈には疑問があるが、それで満足するしかないようだ。この宝を破壊するしか、もう道はない、ガリノルグ」

「ほんとうで、ボイト？」

ボイトはうなずき、

「たしかなことはひとつ……サイコドの周波がわたしを形成したのだ。サイコドの影響をうけて、わたしは変異を起こした。考えてもみてくれ、ブラン・ホワツァーのようなミュータントがサイコドを手にしたら……だめだ、そんなリスクは冒せない。わたしのように強大な力を持つことを、何人《なんびと》にも許すわけにはいかない。さ、わたしをひとりにしてくれないか、ガリノルグ」

ボイト・マルゴルは百標準時間をサイコドにかこまれてすごした。すっかり強化されて美術館をあとにする。宇宙船で待っていたガリノルグはボイトの無言の命令をうけ、船をスタートさせた。重圧でボイトのからだが震える。自分のからだをコントロールできないほど、超心理エネルギーで満ちているのだ。痛みで悲鳴をあげるほどの重圧に必死で耐える。宇宙船が一定の高度に達するまで、超人的な負荷を耐えぬいた。

サイコドの置かれたホールにパラ感覚を向け、プシオン・エネルギーを放射。はげしい爆発は起こらず、超弩級の爆音も閃光もともなわない。建物は音もなく崩れ、あっという間に内部崩壊した。

ハルツェル・コルドの卓越したコレクションはもう存在しない。もうだれも、サイコドを通じてパラノーマル能力や最終兵器を手にいれることはない。

先ツォッターの最後の秘密に通じる道が自分にも閉ざされてしまったのは残念だ。しかし、すくなくともアミュレットはまだこの手にある。そして、ヴィルナ・マルロイの語ったことを信じるならば、もうひとつサイコドがのこっている。ツォッターたちが〝王の目〟と呼ぶサイコドが……

エピローグ　三五八六年一月

「理解できるか、シラ？」と、ボイト・マルゴル。

「こちらが兄弟の契りを申しでたのに、やつらはわたしを殺すつもりだ」

「相手の身になって考えてみるべきだわ」シラは答えをはぐらかす。

「陳腐な決まり文句だな」マルゴルは興奮して、「わたしと同じミュータント、同族なのだぞ。われわれは新種なんだ、シラ、これまでに知られたミュータントとはくらべものにならない。プロヴコン・ファウスト生まれだからだ。すべてにまさる。テラの旧ミュータントにも。プロヴコン・ファウストを発《た》つ直前、それがはっきりわかったのだ。自分一度、いわゆる旧ミュータントがいるＰＥＷブロックのそばに行く機会があった。自分自身にテストを課したのだが……合格したよ」

「どうやって？」

「ＰＥＷブロックの意識存在は、わたしを超心理的に認知することも、わたしの能力を認識することもできなかったのだ」と、マルゴルは勝ち誇ったように応じた。驚くべき変貌を遂げている。ここにきたときは衰弱し、自分の脚で立つこともままならなかったというのに。敵との対決がボイトを変えるのだと、シラはようやくわかった。いま、かれは生命力に満ちあふれている。超心理エネルギーを蓄え、驚くほどの元気を回復していた。「それがわたしの優勢を証明するなによりの証拠ではないか？　すまない、シラ。思いあがりという印象はあたえたくないのだが」

「あやまらなくてもいいのよ」女はふいにこの男が恐ろしくなった。ボイトが疑念をいだいたら、すぐにまずいことになる。警戒しなければ。「なぜ、わたしに話したの？自分の過去をかたくなに守ってきたのに、なぜわたしに打ち明けるの？」

「わからないのか？」ボイトは母性本能をくすぐり、世話をやきたい気にさせる、子供のようなあの顔をしてみせた。しかし、顔にはべつの印象もある。瞳の奥底には強烈な感情の色がきらめいていた。「きみにはとくにひかれてね。他人にこれほど強い引力を感じたのははじめてなんだ」

「でも、あなたはいつか話してくれたわ。テラニアに、口ではいえないほど魅力的で、それまでにない引力を感じた人物がいたと」と、女は時間稼ぎでいった。きっと、まずいことになる！

「ペイン・ハミラーのことだね」

「科学担当テラ評議員の？」

「わたしがハミラーを評議員にしてやったのだ」マルゴルは自慢げに答える。「みずから立候補はしなかっただろうな。ああ、ハミラーには特別な〝プシ親近感〟をおぼえるよ。はじめてそばに立ったとき、すぐに奇妙な連帯感を持ったもの。理由はわからないが、ふたりのあいだには特別なつながりがあるにちがいない。それを解く鍵はおそらく過去のどこかに存在する。とにかく、わたしはハミラーを第二の自分にしようと決め、実行にうつした。かれはパラテンダー以上の存在だ。いわばボイト・マルゴルそのもの。でも、きみは違う、シラ。わたしにとって目的のための手段ではない。わたしがきみとだにある〝プシ親近感〟で結ばれているというのは、つまり愛の告白さ。われわれふたりのあいだにある〝プシ親近感〟は比類なきものだ、シラ」

女は罪悪感を感じた。自分を愛してくれる男を裏切ったのだ。それでも、この複雑な感情を追いはらわなければ。それには、かれがこれまでにおかし、これから先にも計画している醜悪な犯罪を思い浮かべればいい。

ボイトはからだをかたくした。

「きみを危険に巻きこみたくない、シラ。だから、もう行くよ」

「いま、わたしをひとりにしないで、ボイト」

「そうしなければならないんだ、シラ。わたしを罠にはめたのは、きみに話したミュータント三人にほかならない。やつらがわたしをきみと関連づけないようにしないと」

「でも、いったでしょう。ブラン・ホワツァー、ダン・ヴァピド、エアウィ・テル・ゲダンの三人がここまで追ってくることはない、と。だから、あなたが去る理由にはならないわ。わたしをひとりにしてはだめ、ボイト」

ボイトのからだに緊張がはしった。女の両腕をつかむと壁に押しつけ、目をのぞきこむ。かれの胸にさがるアミュレットを、女ははっきりと意識した。小人が目配せしているのだろうか？

「なぜ、エアウィの名前を知っている？」

「あなたから聞いたのよ」

「違う、わたしは〝リレー〟といっただけだ。どこで彼女の名を知った？」

男の手に力がこもる。しかし、女の心がうける圧力はもっと壮絶だ。

「シラ、きみもわたしを裏切ったな？　それなら、すべて辻褄があう。ミュータント三名がかくれ場を襲ったのは、わたしをきみの腕のなかで遊ばせるための作戦だったのだ。ここなら、わたしがやすやすと獲物になると思って。きみは罠のための餌なのだな、シラ？」

「ボイト、お願い……痛いわ」

「すまないね、シラ。でも、危険を冒すわけにはいかない」ボイトの息づかいがはげしくなる。正当防衛を行使するのはひと苦労なようだ。「きみは知りすぎた、シラ。このままにしておいたら、敵はきみをわたしに対抗する武器にするだろう。ほかに方法があればこんなことはしたくないが、きみはパラテンダーにふさわしくなかった……」

女はなにかいおうと口を開いた。けれども、言葉はもう出てこない。ボイトは蓄えた超心理エネルギーを解きはなつ。すべてが終わると、心にむなしさだけがのこった。

犠牲となった女には一瞥もくれず、ボイトはその場をこっそりあとにした。

死の惑星での邂逅

H・G・エーヴェルス

登場人物

ジュリアン・ティフラー……自由テラナー連盟（ＬＦＴ）の首席テラナー

ケルシュル・ヴァンネ………コンセプト

ガイ・ネルソン…………………もと《Ｈ・Ｂ・Ｍ》船長

メイベル…………………………ガイ・ネルソンの姉

ワストル…………………………〝それ〟の使者。アンドロイド

テングリ・レトス……………光の守護者。ハトル人

〝それ〟…………………………超越知性体

〝人類〟という概念が一進化の最終産物をあらわすと考える者は間違っている。〝人類〟はむしろひとつの目的であり、進化の一プログラムであると理解したほうがいい。

にもかかわらず、われわれは〝人類的なもの〟を外にも内にもたしかに持っている。しかし、ときに動物よりも動物的になりうるという事実は、われわれがまだ過渡期を体現しているにすぎないなによりの証拠だ。

この認識が生まれたのは三十六世紀になってからではない。すでに二十世紀、動物行動学者のコンラート・ローレンツによって提起されている。かれは動物と人類とのあいだに介在する未発見の〝ミッシングリンク〟はなにかと問われ、こう答えたもの。〝ミッシングリンク？　われわれだよ！〟

だが、そう聞いてがっかりするにはおよばない。なぜなら、この認識のおかげで、われわれはさまざまな高慢さをおさえられるだけでなく、叱咤《しった》激励されることにもなるから。われわれは日々のちいさな仕事をしながら、大なり小なり自分たちの行動を通じ、進化のプログラム……つまり〝人類の人類化〟が、逆行せずに進むよう、貢献しなければならないからだ。

しかしながら、われわれに課せられた壮大な任務を前にして、〝人類〟という概念と〝テラナー〟という概念を混同しないほうがいい。〝人類〟という概念には、われわれと同様に進化の過渡期を体現する、あらゆる知性体がふくまれるのである。これらすべての知性体とわれわれが、たがいを一致団結した運命共同体とみなし、行動してはじめて、内に秘めた精神の炎を燃えあがらせ、大いなる闇を明るく照らし、すべてを包括する宇宙の意義を〝人類の人類化〟において理解することが可能となるのだ。

――三五八六年一月二日、自由テラナー連盟の創設宣言にさいし、首席テラナーに就任したジュリアン・ティフラーがテラ評議員に述べたスピーチより

1

ケルシュル・ヴァンネは惑星オリンプ近傍をあてもなくスペース＝ジェットで飛んでいた。コクピットにある自動日付表示に目をやる。

テラ暦三五八五年十二月二十日、テラ標準時十時三十五分十一秒。

いらいらと視線を装甲トロプロン製キャノピーに這わせる。この宙域で輝く無数の恒星を背景にして、ちいさな恒星が赤い光をはなっていた。発見者の名にちなみ、ボシックと名づけられた恒星だ。

ケルシュル・ヴァンネがオリンプで皇帝アンソン・アーガイリスとともにコンテナ転送システムを再開し、あらたな社会経済制度の設立に邁進《まいしん》している最中、〝それ〟のメッセージをうけとってから、二日がすぎた。

〝それ〟はヴァンネに要請したもの。オリンプをはなれ、人間にとり宇宙の意義にかかわる出来ごとにそなえておくように、と。

要請になんら強制力はないが、ヴァンネはしたがった。七重コンセプトとしての絶対的な独立性を、〝それ〟が保証してくれるだろうと考えたからである。

しかし、次なる任務を告げもせず、二日にわたって自分を宇宙空間に漂わせておくとは、たとえ〝それ〟でも不適切なやり方ではないだろうか。

ヴァンネは同居意識たちと相談した結果、不適切ではないと結論した。〝それ〟の考える時間は、ふつうの人間やコンセプトが考えるものとはまったく異なる。コンセプトであるケルシュル・ヴァンネにとっての二日間は〝それ〟にとってはほんの一瞬なのかもしれない。

ヴァンネの思考は十日先のことにうつった。三五八六年一月一日に実施されると聞いた出来ごとについて考える。それは銀河史上、よりよい未来をめざすための重要な道標となるであろう。全人類の利害をつかさどることになるテラ評議会の選挙が実施されるのだ。テラ自体はGAVÖKの一部になる。銀河系全種族をひとつの銀河連合に統一するという目的に向かって、政府は辛抱強く不屈の精神で邁進するであろう。

しかし、ヴァンネの思うところ、それは机上の空論でしかない。ラール人の圧制下で多様な共同作業をするにいたった諸種族は、奴隷のときに持っていた団結心をあっさり忘れ、利己的な目標をかかげるだろう。

とりわけGAVÖKに属する種族は太陽系帝国の再興と人類の拡大政策を恐れ、はっきりとした不信感をしめすだろう。かれらも時がたてば、すくなくとも人類の指導者が公会議の支配やたびかさなる人類の大移動をへて浄化されてあらわれ、全人類の自己理解を、同等の者たちのあいだでの自己理解として発展させる力をそなえているということを納得するかもしれないが。

分子変形能力者が出現し、不測の行動をとったことは、銀河系諸種族の統一への努力を強化する心理的要因になりえるだろうか。ガイズ＝ヴォールビーラーはその不気味さゆえに、実態以上に危険な存在とみなされるのだろうから。

たしかに、ガイズ＝ヴォールビーラーは全銀河種族に迫るあらたな脅威であった。アンソン・アーガイリスがこの謎めいた生物をオリンプから追いはらったものの、その後の消息も、かれらがロボット皇帝の和平案と援助提案をうけいれたのかどうかもわからない。かつての星間帝国トバを再興するという、ばかげた望みをいだいて、最後の最後まで気づかれないよう攻撃の準備をするだろうか。

こうした紛争の火種をはらんだ状況で、〝それ〟は人類にとってのあらたな任務を〝語った〟のだ。宇宙の意義を持つべき任務を！

もとの状態にもどることで頭がいっぱいの人類に、宇宙の意義を持つ任務を完遂する力がひねりだせるのか？

ケルシュル・ヴァンネは〝おのれのなか〟に声のない笑いを感じとり、肩をすくめた。

これは、〝それ〟がコンセプトに自身の存在を知らせる典型的なやり方だ。

〈わたしや人間の不安を笑えばいい!〉ケルシュル・ヴァンネは腹だたしく思った。

〈われわれの力はあなたと違って無尽蔵ではないと、とうにおわかりでしょう?〉

笑いが消え、ヴァンネの意識とほかの六つの意識存在のなかに〝声〟が響いた。

〈ポルポウロ＝デンジャーに飛べ! なぜ、わたしがおまえを呼んだのか、そこで知るであろう。さらに、わかるであろう。わたしが手を貸して、人類の利益にもなる任務を完遂させてやろうとしていることが〉

＊

「ポルポウロ＝デンジャー? いったいどこだ?」ケルシュル・ヴァンネは声に出していった。

だが、〝それ〟は答えない。このつかみどころのない存在はすでに〝撤退〟し、さらなる情報をあたえるつもりはないらしい。

〝それ〟の謎めいた話しぶりはいまにはじまったことではない。昔も好んで人類を難題に直面させたと、歴史の教科書で読んだことがある。

〝それ〟はそのさい、自分が救おうとする者たちに、かれらが解決できる謎だけを出したそうだ。

するとこのわたし、ケルシュル・ヴァンネは〝ポルポウロ＝デンジャー〟の意味を解明できるということ。

手がかりを知っているか、想像可能なわけだ。つまり、目標はアインシュタイン連続体内部に存在する。しかも、このスペース＝ジェットで到達できる範囲内にある。

〝ポルポウロ＝デンジャー〟という名は初耳だが、スペース＝ジェットのポジトロニクスの航行データ記憶バンクか、アーガイリスの主ポジトロニクスに記録があるはず。それがだめでも、ネーサンの記憶装置から呼びだせる。

次の瞬間、ヴァンネの指は艇載ポジトロニクスの入力センサー上をはげしく行き来していた。数秒後、インフォメーション・フィールドに回答がうつしだされる。

「ポルポウロ＝デンジャー、赤色巨星。二四七一年に発見。エクスプローラー船《EX＝7117》によって調査・測定・類別。きわめて高密度の星間物質からなる塵カバーにおおわれている。恒星から塵カバーのもっとも内側までの距離、二億九千百万キロメートル。もっとも外側までの距離、二十四億三千百万キロメートル。すなわち、この隙間のない塵カバーの厚さは、平均二十一億四千万キロメートル。

塵カバーの発生原因については解明されていない。しかし、おそらく恒星が誕生したさいに残留した星間物質である。ほかの恒星の場合はそうした物質が集結して原始惑星を形成するが、ポルポウロ＝デンジャーをめぐる惑星も、ほかの天体も存在しない。

　塵カバーの密度は一立方デシメートルあたり一塵粒子。通常、星間物質の密度が五百万立方メートルに一塵粒子であることを考えると、いかに高密度かがわかる。

　そのため、宇宙船がポルポウロ＝デンジャーをとりまく塵カバーを通常空間を飛行して通過するには、はかりしれない危険がともなう。秒速千キロメートル程度の低速では、いかなる防御バリアも摩擦熱によって短時間で崩壊し、船は燃えつきてしまう。

　こうした理由で、《ＥＸ＝７１１７》の船長はポルポウロ＝デンジャーを危険ゾーンであると宣言した。また調査航行のつねとして、船長のキカイ・ポルポウロ少佐は自分の姓をこの恒星の名前にした。さらに、塵カバーが航行に多大な危険をもたらすことから、テラの昔の言語で危険を意味する〝デンジャー〟という言葉を付加した」

　ケルシュル・ヴァンネは艇載ポジトロニクスの回答を声に出して読みあげた。成型シートの背もたれによりかかり、インフォメーション・フィールドにうつる詳細な位置データを眺める。

　恒星ボシックとポルポウロ＝デンジャーとの距離は一万二千六百四十光年。目標はスペース＝ジェットの到達可能範囲内に存在する。塵カバーの密度の濃さについては、それほどむずかしい問題だと思わない。障害は通常空間にいるときだけ起きるのだから、短時間のリニア飛行でわけなく克服できる。

しかし、そもそも塵カバーを越える必要があるのだろうか。ポルポウロ＝デンジャーは惑星をしたがえないから、塵カバーを通過しても、着陸する惑星がないのだ。〝それ〟はこの赤い恒星を会合ポイントに計画したのかもしれない。問題は、そこでだれが、あるいはなにが待っているのかだ。

ふたたびヴァンネの指が入力センサーの上をはしる。今回は目標ポジションと希望する飛行プロセスを打ちこんだ。ポジトロニクスが詳細な計算を実行し、プロセッサ・システムに付属するオートパイロットに、結果データを転送してくれるといいのだが。

わずか数秒後、スペース＝ジェットが加速。光速の九十パーセントに達すると、中間空間にもぐった。中間空間では光の速度が無限となる。つまり、光速以下で動くものは存在せず……

＊

リニア飛行中、コンセプトがすることはなにもない。オートパイロットが予定の四回のリニア飛行と、途中、通常空間での三度のポジション測定をこなすから。

そのため、主導意識のケルシュル・ヴァンネはひきこもり、リラックスしていた。

ジョスト・セイデルの意識存在がコンセプトの肉体をひきつごうとするが、アンカメラの意識存在が先に出てきて阻止した。スペース＝ジェットのスイッチ類をもてあそび、ふざけて飛行コースを変えるようなまねを、十三歳の天才少年ジョストにさせたくなかったからだ。

二度のリニア飛行のあいだ、アンカメラが肉体のすべてを支配した。完璧な女性のしぐさで、自分のものではない髪を梳《す》く。指にマニキュアも塗った。ケルシュルがふたたび肉体をひきつぎ、自分の手を見たら、どんな顔をするだろうか。

アンカメラはいまもなおケルシュルを深く愛している。かつて、恋愛を成就させようと一度行動に出たが、叶わぬ愛だと認めるしかなかった。ケルシュル・ヴァンネは全コンセプト計画においてハイパー構造体としてあつかわれ、このからだを失っても肉体化できるが、アンカメラは自身の肉体を持たないのだから。したがって、彼女の愛は精神面に限定されている。そこに、ふつうの恋人同士に見られるような戯れがたまにくわわるのだった。

身づくろいに飽きると、アンカメラはべつの意識存在にいやおうなく追いはらわれた。そのときまで、まさかウルトラ物理学者ペール・ドンクヴェントが出てくるとは思いもしなかったが。

ペール・ドンクヴェントは現状を見て、ヴァンネと同様、自分にとってもたいした作業はないと判断。そこで、アルコールか、せめてその材料になるものを探すことにした。はじめに向かったのはもちろん薬剤室だ。通常そこには混じりけなしの〝百パーセント〟アルコールの小瓶が貯蔵されている。しかし、残念なことに、在庫は見あたらなかった。過度のアルコール依存を恐れるケルシュルのたくらみではないだろうか。

とはいえ、薬剤室というものが緊急時に助けとなるべきところなら、薬品がひとつも置かれていないはずはない。そうこうするうち、静脈注射用ブドウ糖液の大瓶をいくつも発見した。さらに、さまざまな酵素の在庫も。

ペール・ドンクヴェントは、わずか十三歳にして銀河化学と生化学に秀でる天才少年ジョスト・セイデルの知識から、チマーゼをつくるにはどの酵素が必要か知っていた。チマーゼは糖をアルコールと二酸化炭素に分解する。

さっそくさまざまな部品で必要な装置を組みたてた。ペールにはお手のものだ。情熱にひたるため、何度でも即席でこしらえてきたから。

とはいえ、通常の発酵プロセスを気長に待つ忍耐力は持ちあわせていない。とにかく、時間がかかりすぎるのだ。そこで、ふつうは骨折部や手足の欠損部の再生を励起するのに使う物理機器を、ブドウ糖の分解に利用することにした。

機器の設定を変更すれば、自分の目的に使うことができる。そのさい、アルコールと二酸化炭素のほか、グリセリンやコハク酸など、フーゼル油と呼ばれる悪臭をはなつ高濃度アルコールもいっしょに生成されるのだが。そうしてできたアルコール原液を慎重に精製し、アルコール九十六パーセント、水四パーセントの混合液をつくりだす。

のこり六名の意識存在はアルコールの過剰摂取を嫌うから、ちびちび飲んでいたらじゃまされるかもしれない。そこで、不満ではあったが、いっきに飲みほす。

その効果は数秒であらわれた。ペールの一連の行為が最終的になにを意味するのか思い描けないでいた六名の意識存在を、一度に驚愕させたのだ。

コンセプトのからだは、ほぼ純粋なアルコール半リットルのせいで〝できあがって〟しまった。ペールを追いはらったケルシュル・ヴァンネに、猛烈な勢いで酔いがまわる。肉体を支配するのがペールであれば、酔ったからだとつきあうことに慣れているから、酔いをさますのはたやすい。ところが、アフィリカーとして一滴の酒すら口にしたことがなかったヴァンネには、そのような能力はそなわっていなかった。

それは承知しているが、それでもヴァンネは、もとは自分のものである肉体を酒飲みの意識存在にゆだねるつもりはない。かつてアフィリー政府の秘密警察で敵に恐れられた諜報部員として、つねに難局は単独で乗り切ってきた。もうアフィリカーではないが、いまもこの習慣は守っている。

おぼつかない足どりで、よろめいては転びをくりかえし、なんとかコクピットにもどり、成型シートに倒れこんだ。霞のかかった目でインジケーターを見すえる。

あと数分で最後のリニア飛行が終わり、通常空間にもどるようだ。つまり、ポルポウロ＝デンジャーまであと一光時ということ。

そこでなにが待ちうけているかはわからない。危険な状況におちいることも覚悟しておかなければ。しかし、アルコールで朦朧《もうろう》とした状態では、迅速に適切な行動をとるのはきわめてむずかしいだろう。

おまけに、突然はげしいしゃっくりに見舞われた。ヴァンネは悪態をつき、唇を嚙みしめ、インジケーターの目盛りを読もうと、意志の力を結集した……

2

その男はライトブルーのコンビネーションに、薄汚れた白の手袋をはめ、しわだらけの白い帽子をかぶっていた。金色の顎紐がついた、ブルーの縁どりがある帽子の正面には、金属製プレートが光り輝いている。土星に似た惑星にちいさな翼がふたつ描かれ、その前面に、テラで宇宙航行がはじまったころのロケットのような宇宙船が一隻、配してある。

男の日焼けした顔は汗と埃で汚れ、顔の三分の一は無精髭《ぶしょうひげ》でおおいつくされ黒ずんでいた。それでも、シャープな顔だちと、濃い眉の下で輝くアクアマリンの瞳は、かれが秘めた活力と冒険心をしめしている。

男はグリーンをおびた薄暗がりにあらわれた光景を注意深く眺めた。ジャングルでは木々が繁茂し、フラミンゴ色の太陽光はさえぎられて肥沃な黒い地面にとどかない。原始の森に棲息する動物たちは気にしていないようだ。それでも動物たちの行動は、男がまっすぐ進んできた最後の百メートルでは、目に見えて異なる。

これは、たったいま視界にはいった奇妙な円柱と関係があるのだろうか。円柱は高さ十メートル、直径五十センチメートル。倒れてなかば朽ちた巨木のすぐ前にそびえている。浸食の痕跡や錆びは見られない。倒木に巻きついて若芽を空に伸ばしている蔓性植物もよりつかず、なめらかな表面には苔ひとつ生えてはいない。

男は両手で握ってかまえていたニードル銃から片手をはなすと、顔の汗をぬぐい、「王国ひとつをバーボン一杯で！」と、ざらついた声でいった。

ふたたび銃をかまえ、円柱に向かって歩きだす。二メートル手前でとまると、不満げに顔をしかめた。

「ほんとうにわたしを遠ざける気だな」と、憤慨して、「このわたし、子爵ホレイショー・ネルソン提督の子孫を……」その先はつぶやき声になって消えた。

男は数歩、円柱に近づく。次の瞬間、銃を落とし、両手でこめかみを押さえると、ふらふらとあとずさった。

「トラガラグ！」と、雄叫《おたけ》びをあげる。「トラガラグを見つけた！　太古の宇宙文明に栄えし〝永遠の都市〟！」

男は正気をなくしたかのように、一点の曇りもなく輝く円柱を長いこと見つめていた。やがて、不服そうに顔を曇らせ、

「しかし、見張りがわたしをよせつけない」と、文句をいった。腰のマグネット・ホル

ダーから卵型の装置をとりだし、「思考転送機でかれを呼びだそうか」すこし考えて、かぶりを振る。「いや、ネルソンたる者、目的を遂げるのに他人の手は必要ない」

偶然がおのれの運命と交差しなければ、けっしてトラガラグには到達しなかっただろう。最初の偶然は停滞フィールドだった。そこに姉とともに行きつき、長いあいだ捕らわれていたが、どれほど長い歳月がたっても年はとらなかった。二番めの偶然はハトル人との遭遇だ。宇宙の辺境でのミッションに同行してほしいと謎めいた依頼をされたのは、百二十七年前のこと。以来、ガイ・ネルソンとメイベルは不老不死なのである。

なぜ光の守護者が自分を同行者として選んだのか、いまだにわからなかった。姉メイベルが同行した事実には、たいして意味はない。メイベルはかつてガイのものだった古きよき宇宙船《ハー・ブリタニック・マジェスティ》の備品と同じく、かれに付属する存在だから。

ガイ・ネルソンは丹念に首筋を揉《も》んだ。

《H・B・M》はまだ惑星ラスト・ポートにあるのだろうか。船が崩壊しないよう、きっとジョージがエンジンをかけて待っているだろう。貴重ながらくたを使って組みたてたロボットは経年変化の影響をうけないとしても、百二十七年という歳月は長い。

ガイは腰につけた薄汚れた袋を片手で探る。しばらくして、筒のようなものをとりだした。一端がすりきれて黒ずんでいる。

にもどす。

「最後の噛み煙草だ」むっつりとした顔でプラムほどの大きさを噛みきり、のこりを袋

乾燥した煙草をひとしきり噛むと、煙草の汁が混じる唾を円柱に向かって吐きかけた。円柱に命中してはじけると、にやりとして、

「こんなことをしても、なにもはじまらん」と、つぶやく。「役にたつものなど、たいしてない。テングリが一度歌ってくれた、あのガラスハープ吹きの歌をおぼえていたらな。それを歌えば〝永遠の都市〟の門が開くという。だが、忘れてしまった。あのときはきっと飲みすぎていたんだ」

考えこみながら頭のうしろをかき、帽子のつばを目深《まぶか》におろすと、唇をとがらせて口笛を吹いた。だが、すぐにやめる。

次の瞬間、目を見ひらいた。かすかに口笛の音がこだまとなって聞こえてきたのだ。こだまとなって？

ガイ・ネルソンは帽子をかぶりなおし、用心深く円柱を見あげた。煙草の汁が混じった唾はあとかたもなく消えている。けれども、円柱の表面にごく細いラインがいくつも浮かんでいた。

もう一度、口笛を吹く。すると突然、ガラスハープ吹きのメロディを思いだした！口笛をつづける。吹きおわると、そのメロディがくりかえされるのが聞こえた。それに

あわせるように、円柱の表面に次々と細いラインが浮かびあがる。

ガイはあらためて円柱に近づくと、期待に満ちて目を輝かせた。先ほどはじめて近づいたときは焼けるような痛みが頭蓋のなかを駆けめぐったが、こんどはなにも感じない。ニードル銃をひろいあげ、さらに前進し、ついに円柱のすぐ前に立った。

ゆっくりと手を伸ばし、円柱に触れる。まるで人間の温かな肌に触れているようだ。心地いい脈動が全身に伝わってくる。

脈動がやむと、手をもどし、円柱の背後にひろがるジャングルに目をやった。巨木の向こうのどこかに、〝永遠の都市〟があるにちがいない。

「トラガラグ、わたしはやってきたぞ！」情熱をこめて叫ぶと、円柱のほうに一歩を踏みだした。

＊

ガイ・ネルソンは反撥フィールド・バリアにぶつかったかのように、急に立ちどまる。足もとの地面が直径二十メートルほどの浅い窪地に向かって落ちこんでいた。窪地には木々も生えていなければ、動物の姿もない。そのかわり、テラの大理石に似た床と、その床に降りる同じ材質の階段があるのが見てとれた。

円形をした床の中央に、一辺五メートルほどの立方体が置かれ、面や角にフラミンゴ色の太陽光があたっている。乳白色のガラスでできているらしく、不透明だ……こちらに向いた面にある、二メートル大の赤っぽい染みの部分をのぞいて。

そこからは立方体の内部をのぞくことができる。のぞいてみたガイ・ネルソンは、ひどく失望した。

かれが見たものは比類なく美しい町だが、ミニチュアだったのだ。立方体の二十五平方メートルの底面は極小の建築物におおいつくされ、ところどころに高さ三メートルの建物がそびえている。

これがトラガラグなのか？

ガイは〝大理石の階段〟の最上段に腰をおろし、名も知らぬ宙航士のことを呪った。その男が遠い昔、〝永遠の都市〟トラガラグに想像を絶する宝物があると噂をひろめたのだ。以来、何十万という宙航士がトラガラグを探しもとめて宇宙をさまよったもの。そのうちの数えきれない者たちが消息を断った。おそらく、エネルギー嵐やマシントラブル、異惑星にひそむ危険に命をおとしたのだろう。

すべては亡霊のごときもの。ふつうの大きさの生物がはいりこめないミニチュア都市など、捕らえられない亡霊と同じだから。トラガラグを目にすることはできても、外から眺めるだけ。近づくことのできない宝物はちいさすぎて、顕微鏡でしか見えない。そうでなければ、ミニチュア建物の極小の部屋には保管できないから。

ガイ・ネルソンは嚙み煙草を吐きだした。みじかいパイプをとりだし、コンビネーションのあらゆるポケットを探って集めた煙草の屑をつめる。火をつけ、青白い煙をくゆらせながら、なにからはじめるか考えた。

ハトル人のミッションに同行したさい、絶滅した種族がたいせつに保存していた都市の記録に偶然めぐりあったのは、一年前のこと。〝永遠の船〟に搭載された〝半有機脳〟の力を借りて、その記録を翻訳した。

そのなかに、トラガラグが存在する惑星のポジションに関する重大なヒントを発見。〝永遠の都市〟には見張りがいることもわかった。見張りを納得させてトラガラグを訪れるにふさわしい者だと思わせるには、暗号となるメロディを口笛で吹けばいい。記録の解明を手助けしてくれたテングリ・レトスが、その暗号を見つけたのだ。

光の守護者テングリ・レトスは急な任務のため、ここにはこられず、いま、ガイはメイベルとふたりで別行動をしている。レトスが永遠の船で先を急ぐあいだ、ガイとメイベルは搭載艇でトラガラグをめざして飛んできた。三カ月後に、三人は別れた場所で再会する予定だ。

ガイはレトスから借りた思考転送機を使って、これからどうするべきか、たずねてみようかと考えた。レトスは同じ銀河にいるのだから、連絡をとるのは容易だろう。

しかし、そう考えた自分をふたたび非難する。同じ理由から、搭載艇で待機するメイベルにアームバンド・テレカムで連絡することもやめた。

突然、ガイの目が輝く。

「わたしが無力か、そうでないか、いまにわかる！」

ゆっくりと立ちあがり、〝大理石の階段〟をくだる。降りきったところで、パイプへッドをたたいてから、あらたに煙草をつめた。それから、立方体のなかがのぞける、門のようなかたちの染みに近づく。

まずは立方体の内部をじっくり観察することにした。そのあとで立方体を壊し、ミニチュアの建物をひとつでもとりだそう。そうすれば、宝物は見つからなくても、銀河系にもどってから、すくなくともトラガラグの一部分を人に見せることができる。宇宙の初期文明である〝永遠の都市〟を発見した証拠として。

この文明をもたらしたのはいったいどのような生物だったのだろうか。アリのようにちいさな生物なのか。

しかし、知性体の前提条件となる特殊な中枢神経が発達するには、アリの大きさではちいさすぎると科学的に証明されている。とはいえ、昆虫……つまり高度に発達した節足動物のなかには、種族の個々の脳の潜在能力にもとづく集合知性体のようなものが存在することもある。

トラガラグを建設したのは昆虫種族だったのか？

ガイはかぶりを振った。

昆虫は自然界で高度に組織化されたはじめての生物であるのは明らかで、理論的には最初の宇宙文明を築くことができる。しかし、昆虫の進化が袋小路にはいりこんだこともまた明らかである。小昆虫から派生した種族は、技術指向の文明を築くための前提条件である、抽象的思考ができる段階にまでは到達しなかったのだ。

考えこんでいると、ガイのからだが前方にかたむいた。立方体の透明部分に思わず両手をつく。

次の瞬間、かれは支えを失って前方に倒れこんだ。

これは染みではなく、開口部だったのだ！　倒れながら、そう思った。このまま倒れこんだら、無数の芸術作品を壊してしまう。

けれども、転落をくいとめることはできなかった。その瞬間、なめらかでかたい地面に激突し……

＊

ガイ・ネルソンはちょうど一分間、身じろぎひとつせずに横たわっていた。転落した衝撃で朦朧としたのではない。自分が数千のミニチュア建造物の上に落下したのでなく、なめらかでかたい地面にいることが理解できなかったのだ。

顔をあげ、うろたえて目を閉じる。巨大な建物を見あげたような気がしたから。「バーボンを最後に飲んでから、はや二十四時間」と、つぶやき、「ありえない！」目を開ける。次の瞬間、跳ねおきて周囲に目を凝らした。

事実を認めたくはない。しかし、巨大建造物にかこまれた広場の石畳に立っていることは、まぎれもない事実だ。いま、自分は町のなかにいる。頭上を菫色《すみれいろ》の空がおおっていた。

ガイはゆっくりと振りかえった。なにが起きたのか、およそ勘づいてはいる。広場の一方に巨大な門を発見。そのへりが町の縁辺とオーヴァラップしているのを見たとき、予感は現実になった。

わたしはミニチュア化してしまった！

そうだと知ると、感覚が麻痺した。長いこと石のようにかたまって立ちつくし、巨大な門の向こうにある巨大な円柱群をじっと見つめる。褐色の円柱には溝が刻まれていた。

あれは原始の森に生える木の幹だ！

ガイはうめき、悪態をついた。やがて、頭がはっきりしてくる。

立方体の開口部から転落した瞬間にミニチュア化したのだ。なにが原因で、どのようにしてそうなったのかは、想像の域を超える。もっとも、知りたいとも思わないが。

望みはただひとつ、自分とトラガラグを閉じこめている巨大な立方体から脱出して、もとの大きさにもどること。〝永遠の都市〟の宝物への興味はすっかりなくしていた。

視線をもどし、同じようにミニチュア化したニードル銃をかまえる。巨大な門のある広場のはしに向かって歩きだした。

半時間後、広場のはしに到達。大きく息をついて門に急ぐ。この開口部をくぐって落ちたときにミニチュア化したのだから、その謎めいた境界を反対方向に越えれば、もとの大きさにもどれるかもしれない。

門の外へからだを伸ばす。足もとがふらつき、急斜面を転がった。下まで落ちると、やっとの思いで起きあがり、注意深くあたりを見まわす。ここにきたときには急斜面があるとは気づかなかった。大理石に似たなめらかな床があっただけだ。ところがいま、前後には穴だらけの急斜面がそそり立ち、左右には柔らかな土でできた塹壕《ざんごう》のようなものが延びている。

しばらくすると、〝塹壕〟は大理石タイル二枚のあいだの目地であることがわかった。つまり、自分は相《あ》いかわらずちいさいままだということ。

ガイはパニックの大波にのみこまれた。急斜面に駆けより、穴だらけの壁を登る。でこぼこで、亀裂がはしる、穴だらけの〝大理石の表面〟を走り、次の〝塹壕〟の直前でとまった。

ガイはふたたび考えこんだ。もとの大きさにもどるためにできることを懸命に考える。

けれども、アイデアは浮かばない。自分にできることはなにもないのだ。

だが、光の守護者ならきっと助けてくれる。

助けを乞うことを恥じる誇りはもうない。思考転送機をとりだし、スイッチをいれた。

〈応答してくれ、テングリ！〉と、意識を集中。〈わたしだ、ガイだ！　トラガラグを見つけたら、アリのようにミニチュア化されてしまった。助けてくれ、テングリ！〉

テングリ・レトスは答えない。半時間呼びかけつづけても、応答はなかった。

光の守護者はきっと、思考転送機の圏外にいるのだ。ガイはそう信じこもうとしたが、それは都合のいい嘘だとわかっている。がらくたを集めて高性能ロボットを組みたてられるほど、技術知識は豊富なのだ。ミニチュア化した思考転送機が高次のエネルギーを発生させられないことは、百も承知である。

助けを呼べる可能性はまったくない。アームバンド・テレカムでメイベルと連絡をとろうとしたが、それも機能しなかった。

あとは自力でなんとかするしかない。

ジャングルの外に待機する搭載艇まで行こう。なんとかしてメイベルに自分の姿を発見させ、搭載艇の大型思考転送機でテングリ・レトスを呼んでもらおう。

しかし、いまの大きさが五ミリメートルほどだと考えると、三百七十分の一に縮小したことになる。搭載艇の着陸地点までの距離は三十五キロメートルだが、ガイにとっては一万二千九百五十キロメートルに相当する。かりに一日に五十キロメートル進むとすると、全行程を制覇するのに二百五十九日かかるということ。なのに、四日分の食糧しか持ちあわせていない。

それだけで全行程をこなすのは不可能だ。ふつうの大きさの人間とくらべ、五ミリメートルの大きさの生物にとって、この土地を歩いて進むのが困難きわまりないことはいうまでもないが。ジャングルに棲息する小動物の恰好の餌にもなるだろう。

このありさまでは、いまは立方体のなかにもどるしか道はない。食糧を節約すれば、一週間はもつだろう。問題は、トラガラグのなかに水があるかどうか。水さえ見つかれば、助けがくるのを待てばいい。

二十四時間以内に連絡がなければ、メイベルは心配するだろう。きっと探しにくる。とはいえ、姉がトラガラグを見つけたとしても、役にはたたない。見張りの封鎖を解く暗号の口笛を知らないからだ。彼女が光の守護者に助けをもとめたなら……テングリ・レトスは何人《なんぴと》をも見捨てることはないのだが。

ガイ・ネルソンはテングリが絶望の底から救ってくれると信じていた。光の守護者が同じ罠に落ちてミニチュア化しないようにだけ、注意すればいい。

ガイは先ほど自分が落ちた大理石タイルの目地に降り、ニードル銃を手にすると、また反対側の壁を登る。ふたたび門をくぐり、トラガラグの町に足を踏みいれた……

3

中間空間から出るとき、ケルシュル・ヴァンネはいまだかつて味わったことのない現象を体験した。宇宙のすべてがスペース＝ジェットの周囲をまわっている。思わず成型シートの肘かけをつかんだ。

宇宙の見かけの回転はしだいにおさまった。胃が口から飛びだしそうになり、また唾をのむ。血ばしった目で、コクピットの装甲トロプロン製キャノピーの外にひろがる赤く輝く塵でできた壁を眺めた。それは眼前にそそり立ち、まるで宇宙をおおいつくすかのようだ。

そう感じるのは、スペース＝ジェットが塵の壁のわずか数千キロメートル手前で、通常空間にもどったからである。これが、恒星ポルポウロ＝デンジャーをつつみこむ、厚さ二十一億四千万キロメートルの塵カバーにちがいない。

それ以上のことはわからない。アルコールで頭がぼんやりしているせいだ。だから、みじかいリニア飛行の〝助走〟ができるところまでUターンするというアイデアは思いうかばなかった。現在、塵カバーまでの距離は助走飛行をするには明らかにたりない。リニア飛行をあきらめて、光速以下で塵カバーに進入するしかない。

先ほど、塵カバーの厚さに関する艇載ポジトロニクスのデータを見たことも、ポルポウロ＝デンジャーは惑星をしたがえないため、塵カバーを通過する必要はないと考えたことも、ヴァンネはすっかり忘れていた。

酔いを自覚してはいても、そのために思考・行動能力が鈍っているとは認めたくない。とにかく、なにか行動して、意志が酔いに負けていないことを証明したかった。

指がさまざまなセンサー・ポイントの上を滑る。動きは鈍いが、目標ははずさない。長年の操縦実績でこうした動きはまさに〝血肉〟となっており、意識しなくても可能だ。スペース＝ジェットが軽い衝撃とともに動きだす。はじめはゆっくりと、しだいに速度をあげて塵の壁に向かった。

円盤型の機体が塵のなかに進入する数秒前、ケルシュル・ヴァンネは摩擦で外殻が燃えないように防御バリアをはろうと考えた。

センサー・ポイントの上を指が動く。不可視の高エネルギー防御バリアがスペース＝ジェットのまわりにはりめぐらされた。

次の瞬間、塵の壁に進入。速度はまだ秒速三千キロメートルだ。それでも、毎秒、六階建ての建物の容積にも匹敵する量の塵が機体に衝突する。

防御バリアの外側で星間物質が燃えあがった。すぐにコクピットの化学フィルターが作動したおかげで目がくらまないですんだが、急減速しなければ、高エネルギー防御バリアは一分と持ちこたえられないだろう。スペース＝ジェットの前で、それまでは比較的希薄だった星間物質が短時間に密集し、文字どおりかたい壁に変わったからである。

ヴァンネはとっさに逆噴射させた。インパルス・エンジンが進行方向に向かって〝火を噴く〟。スペース＝ジェットは加速から減速に転じた。それまでエンジンの推進力は増加するいっぽうで減速しなかったが、塵がかなりの減速作用をもたらしたのだ。減速により、べつの効果も生まれた。比較的短時間で、スペース＝ジェットは塵カバーのなかで相対的に静止したのである。

ケルシュル・ヴァンネはそれに気づかなかった。操縦コンソールにつっぷして、痛みにもだえ苦しんでいたからだ。なにかぞっとするものに脳が焼かれているようだ。はじめはアルコールの過剰摂取のせいだと考えた。けれども、飲みすぎにこれほどの苦痛はともなわない。

ところが、痛みは頂点をきわめたところでぷつりとやんだ。そんなはずはない。きっと、あらたな痛みが襲ってくる。そう思ったヴァンネは、自分がひとりきりであることに気がついた。

ほかの六人の同居意識はヴァンネの意識存在にコントロールされない脳のかたすみに

ひきこもっている。かつて同居意識が〝ひきこもった〟ときは、自分の精神力が急速に低下するのを感じたもの。だが奇妙なことに、いまは感じない。それどころか、かつてないほど思考力が高まり、わずか数秒前よりも感覚が鋭敏になった気がした。

同居意識が痛みをひきおこす有害な作用を吸収してくれたのだ。しかし、そのような作用が星間物質でできた雲に典型的なものであるはずがない。《EX＝7117》の調査報告書にも、そうした記述はなかった。かりに、エクスプローラー船の乗員が有害な作用について言及していれば、当時すでにそれは存在したことになる。ふつうの人間にとって、その作用はとてつもないダメージとなるであろう。主導意識のためにその作用を吸収するような同居意識を持ってはいないから。

つまり、二四七一年以来、ここで決定的な変化が生じたということ。

それとも、変化は〝それ〟の操作によってもたらされたのか。コンセプトではない者に塵カバーを通らせないために？

ヴァンネはそのとき、〝それ〟が塵カバーを横断せよとは命じなかったことに気がついた。塵カバーに進入したのはペール・ドンクヴェントの酔いがひきおこした偶然だ。すると、スペース＝ジェットを摩擦熱で燃やしてしまうほどのリスクを冒す必要はまったくなかったことになる。さらに、〝それ〟が塵カバーを操作したと考えるのは理にかなわない。なぜなら、ヴァンネがスペース＝ジェットで塵カバーの有害な作用のなかに進入することを、〝それ〟は予見できなかったのだから。

そのとき、塵の影響もうけずに作動している自動ハイパー走査機から警告音が響いた。ヴァンネは目をあげる。探知スクリーンに巨大な天体がうつしだされていた。スペース＝ジェットの位置座標からすると、赤い恒星の右側にある。

惑星だ！

＊

ケルシュル・ヴァンネは猛烈な勢いで頭を働かせ、状況を把握しようとした。ポルポウロ＝デンジャーをめぐる惑星はひとつもない。すくなくとも、千年あまり前には存在しなかった。千年というスパンは、惑星の自然な形成にはみじかすぎる。しかし、一惑星がポルポウロ＝デンジャーをめぐっていることは探知装置が証明している。

惑星が天体物理学の法則において自然発生したのではないなら、〝超自然の〟外部干渉によって生まれたか、ここに運ばれてきたものにちがいない。

〝それ〟なのか？

あの精神集合体生物〝それ〟であれば可能だ。しかし、ポルポウロ＝デンジャーに一惑星を付加したとすれば、たしかな目的があるはず。

このわたし、ケルシュル・ヴァンネのために、わざわざ惑星をつくりだしたのだろうか。その理由は？　〝それ〟はわたしをどうするつもりなのか。

ヴァンネはこうした考えを押しやった。おのれの経験や、とりわけ地球追放時期のアトランが〝それ〟に行動を操られたという報告を読んで、超越知性体の動機はふつうの生物が見ぬけるものではないとわかっていたからだ。〝それ〟は人間とはまったく異なる思考経路を持つ。そして、自分はあくまでも人間だ。たいていの場合、〝それ〟がある行動をもってめざす目的は、あとになってようやく明るみに出るのである。

塵カバーを低速で飛びつづけるべきだろうか。スペース＝ジェットの航行記録装置を調べると、厚さ二十一億四千万キロメートルの塵カバーを八億キロメートルしか進んでいないとわかった。まだ、十三億四千万キロメートルがのこっている。

塵カバーの外側にひきかえして〝助走〟をつけ、みじかいリニア飛行でいっきに塵の帯を飛びこすほうが容易かもしれない。

そうしようと決めると、同居意識たちは一瞬、インパルスを発して、ヴァンネの決定に賛意を伝えた。かれらは星間物質が放射する有害な作用に苦しめられている。作用がヴァンネにおよばないように吸収しつづけるのは、これ以上もう無理だろう。

ケルシュル・ヴァンネはスタートした。

スペース＝ジェットがその場で方向転換する。やがて低速で反対方向にコースをとり、防御バリアが炎をあげるなか、星間物質のなかをつきすすんだ。

そのあいだ、ヴァンネは〝それ〟に何度もコンタクトをもとめたが、失敗に終わる。超越知性体は沈黙をたもっていた。〝それ〟がコンタクトしてくるのは……傲慢さのせいか、〝超人的な〟論理によるものかわからないが……そうするのが適切だと判断した場合のみである。

〝それ〟との個人的なかかわりから、ケルシュル・ヴァンネは気がついていた。精神集合体生物は〝人間のものでない〟メンタリティを持つにもかかわらず、〝非人間的な〟行動や陰険な手法はとらない。そうでなければ、ヴァンネは罠を恐れただろう。かれは超越知性体を信頼しているのだ。

塵カバーをぬけでると、ヴァンネはオートパイロットをみじかいリニア飛行に設定した。塵カバーを完全に飛びこすのでなく、雲のもっとも内側から五十万キロメートル手前の通常空間に出るようにプログラミングする。

そうする理由はさだかでないが、ある疑念をいだいたのだ。とはいえ、〝それ〟に対する疑念ではない。いずれにせよ、スペース＝ジェットが通常空間にもどったことを、惑星の側から容易に察知されたくなかった。

ふたたびスペース＝ジェットが方向転換する。比較的みじかい助走飛行で可能なかぎり光速に近づけるよう、最大加速した。通常空間にあって物質的に安定した物体が、いわゆる中間空間……なにものも光速以下では運動できない空間へ移行するのは、とてつもない力わざで、移行速度が遅くなるほど、エネルギー消費は大きくなる。中間空間にもぐるさいには、はねかえされないために、当然、光速に達していなければならないからだ。すると、移行速度が速くなればなるほど、宇宙船がこうむるダメージは減少する。

リニア飛行に要した時間は三十秒だった。わずかな距離であれば、スペース＝ジェットは光速をわずかに超えるだけで移動できる。通常空間にもどったヴァンネは、のこり五十万キロメートルの塵カバーを通して恒星ポルポウロ＝デンジャーを見た。深紅に輝く目のようだ。

スペース＝ジェットは塵カバーのなかを、秒速五百キロメートルで〝のろのろと〟進む。三分とかからなかったが、同居意識六人は助けをもとめる悲鳴にも聞こえる、みじかいインパルスを発した。

ひとつのからだにひとつしか意識存在を持たない生物は、この塵カバーを通りぬけるさい、過酷な精神的ダメージをうけるにちがいない。まるで、星間物質がパラメカ性・パラメンタル性のエネルギーを帯びており、あの奇妙な惑星を権限のない者から守る防御バリアとして機能しているかのようだ。

ついに塵カバーを通りぬけ、ヴァンネはほっとひと息ついた。

赤色巨星がはなつ、まばゆくも暖かみのない光で、コクピットが満たされる。ラール人の侵略により、テラとその住民が悲しみに満ちて逃亡する前であれば、この光景にたいていの人間は魅了されただろう。ケルシュル・ヴァンネは違う。かれにとっても、おそらくは同時代を生きる大半の人々にとっても、宇宙の奇蹟は平凡な日常だ。二十世紀の人間が、便利さと危険を自明のこととしてうけいれ、交通信号と大量輸送の渦のなかを動きまわるのが日常だったように。

塵カバーの内側ではかなり明確になった探知結果に、ケルシュル・ヴァンネは注目した。

惑星はテラよりもいくぶん大きく、重力は一・三四G。それよりも重要なのは、スペース＝ジェットのエネルギー探知が強力なエネルギー・フィールドをとらえたことだ。エネルギーは惑星から放射されており、一部はかなり遠くにまで達している。事実、塵カバーの奥深くまではいりこんで重なりあっているエネルギー・フィールド・ラインの隙間を、スペース＝ジェットはぬけてきたのだった。

もっとも、このエネルギー・フィールドがスペース＝ジェットに悪影響をおよぼしたわけではない。はじめにいだいた、罠に向かっているのではないかという懸念を、ヴァンネはふたたび押しやった。それよりも、この惑星は、かつて〝それ〟にテストをされた〝闇の蝶〟と呼ばれる小惑星に似ている気がする。〝闇の蝶〟というのは、〝それ〟が多様な目的のために利用する天体群のひとつだ。

また、わたしをテストしようというのか。そう考えると不愉快になった。おのれのなかのすべてが本能的に、精神集合体生物のテスト対象となることに反抗する。もし〝それ〟が人類にとって宇宙の意義を持つミッションだと〝語って〟いなかったら、ここで背を向けたかもしれない。

気は進まないが、情報を手にいれるため、惑星に向けてコースをとる。おそらく人工惑星か、ここに運ばれてきたものであろう。もしかすると〝それ〟がもっと容易な方法で、情報を提供してくれるのかもしれない。

ケルシュル・ヴァンネはそう考えて……

＊

熱い粥《かゆ》のまわりを忍び足で歩く猫のように警戒しながら、ヴァンネは未知惑星の周囲をめぐった。

探知機はあらゆるレベルで調査をつづけ、スペース＝ジェットのコクピットにひとりですわる男に、艇載ポジトロニクスがなければ処理できないほどの情報を吐きだした。ポジトロニクスは情報を評価し、選別し、重要なデータを〝嚙みくだいて〟伝える。

ヴァンネはデータを頭にいれながら、同居意識六人のことを考えた。かれらはいまだに脳の片すみにいて、姿をあらわす気配はない。多大なダメージをうけずにパラメンタル性バリアの有害な作用を克服し、早く元気になってほしかった。かれらがいないと寂しく、見捨てられた気になる。コンセプトとして生きるようになったはじめのころは、おのれの肉体の同居人がしばしばわずらわしかったものだが。

やがて、惑星で発生し、宇宙空間に放射されているエネルギー・フィールドは、五次元性であるものの、パラメカ性作用はないことがわかった。同居意識がいなければ命とりとなっていた、あの塵カバーが帯びているエネルギーとは直接の関係はないのかもしれない。惑星には、三十六世紀のテクノロジーの申し子から見れば〝ごくふつうの〟エネルギー・ステーションが作動している。それは惑星の地下深くにあった。地表は寂しい感じがする。無数の建造物があるのだが、そこにはまったくエネルギー放射が見られないか、あってもごく弱いものだけだ。

スペース＝ジェットで惑星を何度も周回したのち、ケルシュル・ヴァンネは赤道付近にある広大な台地に着陸することにした。そこは明らかに人工的なもので、周囲を不恰好な建物がとりまいている。人工台地は宇宙時代の知性体のために建造されたのだろう。巨大宇宙船の離着陸を容易にし、莫大な量の物資のとりあつかいを可能にする目的で。

しかし、宇宙港は長いこと使われていないようだ。厚さ数メートルの着陸床には宇宙船の姿は一隻もなく、ほかにもなんの営みも見られない。

人工台地のほかに、円形の湖が無数にある。どれもまったく同じかたちをしていることとから、明らかに人工物だ。もともと水を貯蔵する目的だったのかは軌道上からではわからないが、現在は水で満たされていた。水温は摂氏〇度をわずかに超える。

ケルシュル・ヴァンネはスペース＝ジェットをゆっくりと下降させた。地表には、エネルギー活動が盛んな地下とは対照的な静寂がある。高度が下がるにつれて、建物の陰気さが不快に感じられた。未知文明の証人たちは、ある種の陰気な精神生活を送っているように思えた。まったく人間的でないメンタリティの持ち主かもしれない。

自分がスペース＝ジェットをゆっくりと下降させるのは、この下を支配する無意識の重苦しさに不安をいだいているからだと、ヴァンネは気がついた。腹だたしげに、着陸飛行の速度をあげる。

スペース＝ジェットが突発事故もなく、砂でおおわれた台地に着陸すると、ヴァンネは自分のばかさかげんを笑った。ここは地下エネルギー・ステーションだけが遠い過去文明のいとなみをつづけている惑星だ。

数秒後、かれは現実にひきもどされた。

まるで極秘指令をうけたかのように、いちばん近い不恰好な建物群の薄汚れた門がいくつも開いたのだ。その開口部から、奇妙なかたちの物体がよろよろと、あるいは転がって台地に出てきた。すべてがスペース＝ジェットをめがけてくる。

ケルシュル・ヴァンネは探知機のアンテナを向けて走査。結果は驚くにあたらない。

予想どおり、あれは動く機械、つまりロボットだ。艶のないグレイのメタルプラスティック製で、どれをとっても同じ形態のものはない。唯一の共通点は、台地をとりまく建物と同じく、どれも不恰好であること。

ヴァンネは興味津々《しんしん》で観察した。ロボットは明らかに、こちらになにかを期待している。念のため、スペース＝ジェットの防御バリアを作動させ、エネルギー兵器の発射準備をした。トランスフォーム砲までは必要ない。大砲でスズメを撃つ気はないから。

不恰好なロボットは見るからにぎごちない動きでのろのろと近づいてくる。最新型の戦闘艇にとり、危険な存在だとはまったく思えない。次々とスペース＝ジェットの防御バリアの外側に到着し、何重にもわたって周囲をとりまいた。

外側マイクを使ってロボットに話しかけようかと考えたそのとき、自動警報装置が作動して甲高《かんだか》いサイレンが鳴り、危険を知らせた。

防御バリアが弱まっていく！

ヴァンネは外を見た。不可視のはずの防御バリアが、あちこちに不安定ゾーンが生じたせいで、いまは目に見える。無数の穴が開いて、かすかに閃光がはしっている。

特徴あるタイプのロボット集団が青白い光につつまれた！

それは例外なく大型のロボットで、ヴァンネはいま気がついたのだが、不恰好な高エネルギー・コンデンサーに似た上部構造を持っている。明らかにコンデンサーだ。防御バリアからエネルギーを吸いとって、蓄えている。

ロボットの高度な性能に驚きながらも、不安が忍びよってきた。防御バリアの安定性が脅かされると、予備エネルギーが自動供給される。しかも、スペース＝ジェットのエネルギー・ステーションには、ロボットのそれをはるかにうわまわる生産能力がある。だから、バリアが不安定になってきたということは、エネルギー・ステーションが予備をすでに投入してしまい、充分な残量がないのだ。

そのとき、あらたに警報が鳴った。制御パネルに目をやると、緊急時自動スタート用エネルギーまで使われているとわかり、ヴァンネはあわてた。

もう逃亡は不可能だ。

あとは宣戦布告して、ロボットを破壊するしかない。

ケルシュル・ヴァンネは急いで指をトランスフォーム砲の発射スイッチに置いた。惑星上での最終兵器となるトランスフォーム砲は、独立したエネルギー・ステーションをそなえている。

ところが、それを作動させた瞬間、トランスフォーム砲への供給ラインが崩壊。生産される全エネルギーが漏れだす。自動的に生産量があがるが、出力は最大にもかかわらず、トランスフォーム砲にはまったくエネルギーが供給されない。

これでは無防備に等しい。エネルギー・ステーションはフル作動しているが、まもなく防御バリアが消滅。違うタイプのロボット数体が下極エアロックにとりつき、インパルス錠を破壊せずに〝はずし〟にかかった。

ケルシュル・ヴァンネはコンビネーションを閉じ、ヘルメットをひきだしてかぶると、個体バリアを作動させる。瞬時にバリアがからだをつつんだ。だが、安堵したのもつかのま、バリアは消滅した。

スペース＝ジェットは捨てても自分の身を救うために、キャノピーを破壊して脱出し、飛翔装置を作動させるべきだろうか。しかし、飛翔装置のエネルギーも漏出しているかもしれない。

数秒後、ロボット三体がコクピットに侵入してきた。大型のタイプと同様、不恰好だ。ヴァンネは両手両足を押さえつけられ、まったく抵抗できない。

だが、ロボットはこちらを傷つけたり殺したりするつもりはないようだ。ヴァンネはおちつこうとつとめ、さしあたり捕虜になる宿命をうけいれた……

4

先ほどの震動はトラガラグを町の土台まで揺るがした。けれども、そこここに浅い亀裂がはしっただけで、ミニチュア都市の建物は無事だった。

ガイ・ネルソンはがっしりした手で、メイベルの髪をこのうえなく優しくなでた。姉はさっき、すべてをかき消すほどの口笛の音とともに町が揺れたとき、恐怖に駆られてかれの腕に逃げこんできたのである。

「もう大丈夫」と、ガイはざらついた声で、「われわれ、おそらくもうアンドロメダ銀河にいるのだ」

コンビネーションの胸ポケットからとりだしたメモを読みあげる。それは驚くほどちいさな文字で書かれてあった……もちろん、かれから見れば、ふつうの大きさだが。

「親愛なる友よ。わたしの両親の古い知りあいが、きわめて重要なある作戦を決行するにあたり、援助してくれと急ぎたのんできた。そのため、わたしは船の星間転送エンジンをフル作動させて、もどってきたのだ。これからアンドロメダ銀河に寄り道して、わが種族の古代基地におもむき、きみたちをもとのサイズにもどす手段を探す。永遠の船の司令室で、すぐまた会おう。テングリ・レトス」

ガイ・ネルソンは咳ばらいして、

「聞いただろう。テングリが助けてくれる」

メイベルはゆっくりと弟の腕から身をはなす。不快そうに鼻にしわをよせ、

「あんたをアルコール依存からぬけださせる手助けもしてくれるといいのに。まったく、ネルソン一族の情けない子孫だわ！」と、悪態をつく。「またフーゼル油の強烈な匂いをさせて」

ガイはげっぷをすると、

「真の年代物のバーボンだぞ！」と、抗議した。「テングリがわたしの秘蔵品からぬきとった数滴を、特別にこしらえたミニチュア瓶につめて送ってよこした。わたしはせいぜい一ミリリットル飲んだだけ。これはミニチュア化についてきた楽しい〝おまけ〟だ。ずっとちいさいままでいれば、わたしの蓄えもあと千年はもつ」

「ばかね！」と、メイベル・ネルソンはしらけ顔で、「あんたが出しゃばったせいで、トラガラグの捕虜になったのよ。このミニチュア都市の」

「トラガラグなら、いつでも出ていけるぞ」

「でも、外に出たらやっていけない。そもそも、さっきの震動が星間転送航行につきも

のの揺れだと、ほんとうに思うの？　あのすてきなエンジンとぞんぶんにつきあってきたから、震動なんか起こさないとわかっているじゃない。永遠の船は事故にでもあったのではないかしら」

ガイ・ネルソンは手を振った。コンビネーションの脚ポケットを探って酒瓶をとりだす。キャップを開けると、三分の一ほどのこっていた酒を喉に流しこんだ。

からになった酒瓶を無意識におろすと、わずかにしわがれた声で、

「永遠の船が事故なんかにあうものか。ハトル人の技術は比類ない。光の守護者は無敵だ。ひっく！」

「永遠の船もふつうの技術で動いているのよ。ふつうの技術はあらゆる技術と同じで、不完全なもの。結局、星間転送エンジンというのは、すこし特殊な転送機にすぎないわ。宇宙船を、秒速十億キロメートルという信じられない速度で、宇宙空間から宇宙空間へと移動させる。外からそれを見ている者の目には、船が四次元時空連続体のなかをかなりの超光速で移動したようにうつる。これは精神の力で時空を支配したということではなく、月並みな事象にすぎないのよ。たとえ、人類がこうした技術からずっと遅れているとしても」

ガイは手を振って踵《きびす》を返した。その心配顔を見なければよかったと、メイベルは思う。弟は彼女に対して見せるほど、楽天家ではない。ガイもまた、このはげしい震動は永遠

の船が事故にあった証拠だと考えている。テングリ・レトスは超人ではなく、ごくふつうの生命体で、非常に進歩した技術ツールを持っているだけ。それをガイはメイベルよりもよく知っているのだ。しかも、どのような技術ツールもいつかはすたれる。

「あら、もう降参するの？」と、メイベルはわざとあざけるように、「あんたも心配してるってことくらい、わたしだってわかるわ」

「それはよくご存じで。たしかに、わたしも心配だ。でも、テングリ・レトスはどんな難局にも決着をつけてくれる。門まで行ってみよう。きっと、テングリがさらなる知らせを持ってきたにちがいない」

*

ふたりは塔の最上階をあとにした。塔はいまのかれらのサイズからすれば、五百メートルの高さがある。

塔の設備は〝永遠の都市〟のほかの設備と同様、経年変化の影響をほとんどうけていなかった。反重力リフトは完璧に機能しているし、照明や空調も申し分なく、供給システムは生活必需品をすべて供給してくれる。この意味において、トラガラグはまさに〝永遠の都市〟のようだ。

トラガラグの秘宝だけが、いまだふたりの手にはいらなかった。開かずの門を持つ巨大ホールがいくつかある。メイベルもガイも、その門の向こうにトラガラグの宝物がかくされていると信じて疑わない。

反重力リフトで塔を降りた。外に出ると、いつものように澄んだ空気と明るい人工の空がふたりを迎える。目の前に広場が開けた。向こう側のはしに外界に通じる門がある。

メイベルが歩きだそうとすると、ガイがコンビネーションの袖をつかみ、

「むだなエネルギーを使うことはない。ほら、門がなくなっているぞ」

メイベルは信じられないという目で弟をにらむと、広場の向こうの、門があるはずの場所に目をやる。ほんとうに消えていた。トラガラグを収容する立方体の一面は、いまやほかの三面と同じく壁となって見える。

「ああ、神様！」と、メイベルは、「とうとうこの呪われた町に、ほんとうに捕まってしまったわ」

「神を呼ぶのと呪うのは一度にやらないほうがいいぞ」ガイはにやりとしていうと、すぐに真顔になって、「きっとトラガラグが門を閉鎖したんだ。町にいれたくない危険が外にはあるからだろう。危険が去れば、門をまた開ける」

「まるで、トラガラグが生き物みたいな口ぶりね」

「ある意味で、そうだ。住人の面倒をみて、守る、とても複雑な技術を持つ生命体」

「そのせいでアリにされたのよ！」メイベルは非難囂々《ごうごう》だ。

「トラガラグは、われわれが町にはいれるようにちいさくしたんだ。姉さんも、門をくぐればなにが起きるか、わかっていたはず。それでも、ここにやってきた。なぜ、町の外にのこらなかったんだ、メイベル？」

メイベルは憤慨してこぶしを腰にあて、ぎらついた目で弟をにらむ。

「たとえ一族の出来そこないであっても、あんたはわたしの弟なのよ、ガイ！　こんな悪いことばかりの町に、あんたをひとり置いておけないわ」

「悪いことばかりの町だと？」ガイは啞然として、「この町でひたれる悪事をあげてみてくれ！　わたしがそれをやってやるから」

「大酒を飲んでるじゃないの」

「自分のを飲んでるだけだ。それも、ふつうの一滴の千分の一だぞ。残念ながら、町の供給システムでは一ミリリットルのアルコールも出ないし」

「そんなこと知るものですか！　これからどうするの、ガイ？」

ガイ・ネルソンは頭上にひろがる菫色の空を細めた目で見あげ、

「姉さんは部屋にもどっていてくれ」と、慎重に、「わたしはもうしばらく待って、あとから帰る」

「なにを待つつもり？」

「テングリ・レトスからの合図だ。それに、べつのものが、なにが起きたか教えてくれるかもしれないし」

メイベルはしばらくためらっていたが、やがて口を開ける。

「じゃ、いいわ、ガイ！　ここにいれば、お酒は飲めないから。でも、早く帰ってきてね」

ガイ・ネルソンはかぶりを振った。

姉が塔に消えてしばらくしてから、ガイは隣接する建物の入口までぶらぶらと歩いた。目の前で、扉がひとりでに開く。ガイは壁に無数のくぼみが刻まれた大ホールに足を踏みいれた。くぼみには奇妙な生物のさまざまな彫像が飾られている。ひとつとして、人間やほかのよく知られた種族に似たものはなかった。

「ちょっと失礼しますよ、兄弟！」ガイはそのひとつに向かっていうと、彫像のうしろに手をいれ、バーボンが口まではいった瓶をとりだした。

すぐに建物を出て腰をおろす。壁にもたれ、瓶を開けると、ごくりとひと口飲んだ。目をしばたたきながら、広大な広場を眺めわたす。

「テングリ・レトスに！」乾杯し、もうひと口がぶりと飲んで、「それから、トラガラグの時間が外界よりも速く進むのを、メイベルが気づいていないことに、乾杯！　光の守護者がくれたコンビネーションに織りこまれた半有機繊維のおかげで、われわれは年をとらないし、病気にもかからない。だから千年先も、いまの若さのままだ」

げっぷをひとつ出すと、またひと口飲んだ。ほろ酔い気分になり、トラガラグと外界とのあいだを支配する時間流の相違を、テングリ・レトスは知っているのだろうかと考える。

おそらく、光の守護者は知らないだろう。ガイ・ネルソンが時間流の相違を結論づけるにいたったわずかな証拠を、見すごしたかもしれない。トラガラグを惑星の不可視の錨《いかり》から解放し、永遠の船のヘリオパークに収容するまでに、結局は長い時間がかかったから。

その後、両親の古い知りあいから知らせをうけとってアンドロメダにもどり、そこからまた銀河系に向かうことになったのだ。それもあって忙しかっただろう。

テングリの両親の知りあいとはいったいだれなのか。光の守護者と同じ不死者かもしれない。両親は十万年前に、アンドロメダ銀河を未知の侵略者から守ろうとして亡くなったと噂に聞いた。侵略者についてはその後まったく消息がない。

「未来永劫に存在するものはない」ガイは緊張していい、もうひと口飲むと、目を閉じた。

＊

テングリ・レトスは一瞬でわれに返った。永遠の船が未知の力の犠牲になったと知り、稲妻にからだを貫かれたような衝撃をうける。

司令室の壁にあるスクリーンに目をはしらせた。どのスクリーンも青白く輝き、まばゆい閃光がくりかえし出現しては消える。それは本来うつしだされるべき、船のまわりの光景ではない。

成型シートにすわったテングリ・レトスはぴんと背筋を伸ばした。

「半有機脳、状況分析を！」

「外側センサーからの情報はありません」永遠の船の半有機脳がただちに応じる。「修復システムがフル作動して、構造震動により発生した損害を修復しています。内部システムのほぼすべては震動による損害をまぬがれました。実験結果より、外部から一・三四Gの重力が船に影響をおよぼしていると判明。いま、船は中規模の惑星にいるようです。有害な直接作用は確認されていません」

光の守護者はそわそわと動いた。はげしい震動の後遺症を感じる。コンビネーション付属の防御バリアや、コンビネーションに織りこまれた銀色の半有機繊維の安定作用にもかかわらず、骨の髄まで震撼した。

「構造震動だというのか？　どういう類《たぐ》いの？　どうやって船に影響をおよぼせたのだ？」

「五次元性の構造震動です」と、半有機脳は応答。「星間転送エンジンが持つ移動エネルギーに匹敵するエネルギーが放出されました。その後、外側センサーが機能を停止し、さらなる情報は手にはいりません」

「すると、われわれは移動中、偶然にもべつの、おそらくより強力な転送機の転送フィールドにはいってしまったにちがいない」レトスはつぶやいた。「そんな衝突は本来ありえない。時間走査機があるから。船が前もって飛行ルートを走査するのに使うこの機器は、われわれが目標ポジションに達する未来の時点において、該当する通常空間およびハイパー空間座標でなにが起きるか表示してくれる。なぜ走査機は、未来の時点に存在するべつの転送機の転送フィールドを発見しなかったのだ?」

「それは論理的に説明できます」と、半有機脳。「この宇宙の未来に起きる現象でないなら、時間走査機は予見できません。われわれの宇宙の機器である時間走査機は、われわれの宇宙の時間しか走査できないのです。われわれが衝突したのは、べつの時空システム、つまり、べつの宇宙の五次元転送フィールドである可能性が高いということ」

外側センサーの機能不全によって、半有機脳は未知の転送フィールドの状態変数を計測できなかったと思われる。計測ができれば、それがべつの宇宙のものなのかどうか、証明できるのだが。

「自発転送機は機能するのか?」と、テングリ・レトス。

「完璧です。転送をはじめましょうか?」

「いまは必要ない。いつでももどれるかどうか、知りたかっただけだ。不可避の脅威が存在しないのであれば、情報を得られるはず。われわれはいま、べつの宇宙からわれわれの宇宙に運ばれてきた惑星にいるのだと思う。おそらくこの惑星にも、コンタクトをとれるような知性体が存在するだろう」

テングリ・レトスはしばらく考えてから、口を開く。

「トラガラグを置いたヘリオパークの映像を見せてくれ！」

〝精神センター〟とも呼ばれる司令室の壁のスクリーンに、ヘリオパークの光景がうつしだされる。草原や木立、花を咲かせる低木や藪があり、陽光あふれる広大な公園だ。円形をした草原の中央に、乳白色のガラス製とおぼしき一辺五メートルの立方体が置かれていた。未知の者たちがその内部にトラガラグを閉じこめたのである。おかげで町は環境破壊から守られていた。トラガラグがずっとミニチュア都市だったのか、なんらかの理由でミニチュア化したのかはわからない。

レトスはぎょっとした。トラガラグに通じる門のようなかたちの二メートル大の染みが消えている。

思考による命令に反応する自発転送機を通り、ヘリオパークに瞬間移動した。

慎重に立方体に接近する。ぐるりとひとまわりし、最後に、門の染みがあった部分に触れた。ほかの面と同じ感触だ。

動揺して、その場所に目をすえた。

友のメイベルとガイ・ネルソンがトラガラグにいることはわかっている。これまで、門を通じてふたりとコンタクトをとってきた。もちろん、メモによるやりとりだ。ふたりがミニチュア化されたため、声でのやりとりは不可能だから。

門は、トラガラグに捕らわれたふたりがいつかもとの大きさにもどり、以前のように町の外で生きていくための保証でもあった。

しかし、いま、門は閉ざされたのだ。メイベルとガイは永遠に〝永遠の都市〟の捕らわれ人になってしまった。

先ほどのハイパー空間での衝突に関係があることは確実だ。しかし、そう考えてもなぐさめにはならない。ふたりがまだ生きているかどうかも不明だし、たとえ生きているとしても、外界と隔離されたことで、どれほど弱っているかもわからない。中身を傷つけずに立方体を開ける方法を見つけるには、長い時間がかかるだろう。

しかも、立方体内では時間が外界よりも速く流れているため、おそろしく悲惨なことになる。ふたりはトラガラグの捕らわれ人として、数カ月あるいは数年すごすしかない。外の世界では時間が七十倍ゆっくり流れていることに気づかないいまま。

だが、まず永遠の船の外のようすを見なければ、問題解決にとりくむことはできない。テングリ・レトスはこのジレンマから脱却するため、おのれの方針に反して船をあとにし、未知世界に足を踏みいれる決心をした。

5

ケルシュル・ヴァンネは自分をスペース＝ジェットから連れだしたロボットに大声で呼びかけた。怒っているのではない。かれらと意思疎通がとれる手段を探していることを、知らせようとしただけだ。

しかし、ロボットは反応しない。

宇宙服の密閉性が高すぎて、自分の大声がロボットにとどかないのか、ロボットが音の感知機能をそなえていないかのどちらかだ。

ヴァンネは手すら動かせず、耐圧ヘルメットを開けることも、右の手首につけたアームバンド・トランスレーターを作動することもできない。

しばらくして、かれはあきらめた。外に連れだされ、もっと大型のロボットにひきわたされたが、どうにでもなれ、だった。

こんどのロボットも、腕や手を動かす機会をあたえてはくれない。ロボットの背中からメタルプラスティック製のしなやかなベルトが何本も伸び、ヴァンネを縛りつけて自由を奪った。ロボットは寒さでなかば麻痺したトカゲのように、のろのろと動きだす。

ケルシュル・ヴァンネは縛られる前に、スペース＝ジェットをちらりと盗み見た。驚いたことに、ロボットたちはもう宇宙船に興味をなくしたらしい。一体だけが円盤艇のわきにぽつんと立っている。明らかに見張りだ。

すると、ロボットの狙いは宇宙船ではなく、この自分にあるということ。それが幸いだとは思えないが。

ヴァンネは自分を運ぶロボットの動きをからだに感じた。ヘルメットの外側マイクからは、ロボットの前進装置である切り株のような脚部が生みだす、ゆっくりとした単調な音が聞こえてくる。

どこに運ばれていくのか予想もつかない。仰向けにされているため、視界にはいるものは菫色の空と赤色巨星だけだ。恒星の輝きはヘルメットの透明フィルターを通して、目に達する前に自動的に弱められていた。

背後やわきから、無数のロボットの足音が聞こえてくる。

このロボットたちの行動を見とおすことはできない。メカやロボットに関する知識は豊富で、精通していると自分では思っていたのだが。この辺鄙《へんぴ》な惑星ではこれまでの知識などまるで役にたたない。

自分がこの惑星に導かれ、奇妙なロボットにもてあそばれるのは、〝それ〟の目的によるもの。ヴァンネはそう信じようとした。しかし、〝それ〟が任務の細部までアレンジすることはめったにない。大枠だけを決めて、その枠のなかで、任務をうけた者……いや、奴隷と呼んでもいいが……そういう者たちを働かせるやり方だと、痛いほどわかっている。軽率な行動をとったり、しくじったりすれば、死んでしまう。はじめから〝それ〟に感知されない存在であったかのように。

ヴァンネを運ぶロボットが突然とまったのは、三時間が経過したころだった。メタルプラスティック製ベルトがはずされる。ロボットの背中から転がりおりようとしたが、手足がこわばっていたので、墜落しそうになった。

ところが、ロボット三体がわきにきて、からだを支えた。数秒後、自分の足で立つと、ひっぱられるような重力を感じた。目眩《めまい》がする。気が遠くなりそうだ。

まもなくそれも回復した。アフィリー政府の諜報部員だった経験から、極限状態を克服することには慣れている。それに一・三四Gという重力は、からだがひっくりかえるほど大きくはない。テラ以上の高重力、つまり一Gを超える重力は、テラを一度も出たことのない人間が考えるほど過酷なものではないのだ。一G下で八十一・五キログラムのヴァンネの体重は一・三四G下に換算すると、二十七・七一キログラム重くなる。不摂生な生活を送る肥満体の人間がひきずっている肉の重さ程度だろう。

血のめぐりがよくなると、ケルシュル・ヴァンネは慎重にあたりを見まわした。

ロボットたちはかれを解放し、遠巻きにして半円形にかこんでいる。ロボットの垣根の隙間から、円形の湖が見えた。ヴァンネが着陸前に見つけた湖のひとつだ。さざ波ひとつたてず、クリスタルのように透明な水をたたえる湖の直径は、二百メートルほど。きれいに切断され磨かれた天然石で湖岸が形成されている。

ヴァンネはゆっくりとヘルメットを開け、どこかよどんだ感じのする空気を吸うと、アームバンド・トランスレーターを作動させた。ロボットたちは静観している。

ケルシュル・ヴァンネはアルバン・クムナーと交替し、主導権を譲りたかった。このアルファ数学者の意識存在は、同居意識六名のなかで唯一、n次元数学の枠を超えたまったく異質の概念を消化できるのだ。異知性体やロボットの行動様式を計算によって把握し、かれらの論理で理解することができる。

しかし、アルバン・クムナーはほかの同居意識ほど頻繁にあらわれない。ひとりでいまを乗りきるしかないのだ。ケルシュル・ヴァンネはあらためて知った。自分がおのれを集合体の一部とみなすことに、いかになじんでいるかを。だれの助けも借りられないとき、おのれがいかに空虚でつまらない存在であるかを。

「わたしはケルシュル・ヴァンネ。きみたちとなんとかしてコミュニケーションをとりたい」と、ゆっくりと明瞭にいった。トランスレーターは沈黙している。異言語を分析する機会がないからだ……そもそも、ロボットが言語を持っていればの話だが。

とはいえ、ロボットが音声を発するのを聞いて、ヴァンネはほっとした。理解不能な音声だが、ロボットにこちらの言葉が聞こえており、音声ベースで理解しあえるという証拠にはなる。

トランスレーターがロボットの言語を分析してインターコスモに翻訳し、またその逆もできるようになるまで、待つことにする。

ところが、ヴァンネは思わぬ見こみ違いをしていた。

ひどく不恰好なロボットたちが、ぎごちないジェスチュアをしてみせたのだ。自分たちが期待するのは言葉ではなく〝行動〟だ、と、伝えたいらしい。さまざまなかたちのアームを使って、同じ方向……湖の方向をさしている。

ヴァンネはロボットの望みを叶えてやることにした。湖の人工岸に向かいながら、ロボットからさらなる音声をひきだそうと話しかける。しばらくすると、ロボットの言語はきわめて単純に構成されているのではないかと思った。いずれにせよ、かれらの発する音声には独特の不明瞭さがあり、すべて〝ラララル〟とか〝ヴァラル〟、あるいは〝ラヴァラル〟に聞こえる。

しかし、ロボットの発する素朴な音声に気をとられてばかりもいられなくなった。湖岸に到着し、驚くほど澄んだ水面が見えたからだ。

ヴァンネはそれを見て驚愕した。

湖の真っ平らな底に、さまざまな生物が数知れず横たわっている。じっと動かず、深い睡眠状態にあるようだ。

この状況の本質を、心理数学論理学者のかれはすぐに理解した。つまり、この〝眠る者たち〟の多様性を。さまざまな惑星からきた生物だと類推できる。そこから必然的に出てくる結論は……自分と同じように宇宙からやってきて、ロボットたちに打ち負かされ、湖に投げこまれた。湖底で深層睡眠、あるいはべつの保存状態で生命を維持し、なにかを待っているということ。

ロボットが自分をここに連れてきたのは、眠る者たちの列にくわえるためであることは、もうまちがいなかった。当然ながら、そんな目にはあいたくない。

ヴァンネはさっと視線をはしらせる。ロボットの方陣に、すりぬけられる隙間がないかと……

＊

ロボットは、捕虜が運命に無抵抗でいるつもりはないとわかったようだ。たがいの隙間をつめる。

絶望から生まれた勇気で、ケルシュル・ヴァンネは腰につけたホルダーのインパルス銃をぬいた。安全装置をはずし、直近のロボットめがけて発砲。エネルギー・ビームが命中してメタルプラスティック製外被が真っ赤に輝き、ロボットは倒れた。ところが、銃のエネルギー・マガジンの残量表示が急速に減少する。ロボットにかすめとられ、吸収されたのだ。

ヴァンネは降参した。すっかり顔なじみになったロボット三体が接近するのを、茫然と眺める。だが、ロボットはかれに襲いかかって湖に投げこみはせず、運搬ロボットの背中にふたたびかれを積んだ。

と、いうことは……？

湖に投げこむつもりはなかったようだ。ロボットはメタルプラスティック製ベルトでヴァンネを固定すると、湖から遠ざかっていくではないか。

ヴァンネは安堵の息をつく。ロボットにどんなに恐ろしい目にあわされようと、深層睡眠という無気力状態に置かれるよりはましだ。

しばらくすると、運搬ロボットに建物内に運びこまれたことがわかった。赤い恒星光から、ダークブルーの人工光に変わったのだ。頭上に通廊のグレイの天井があるのが見えた。天井からつきでたダークブルーに輝く半球から、明るい人工光が拡散している。

それが惑星を照らす恒星光のような赤い色でなく、青であることに驚いた。この惑星の生い立ちが想像できる。ラヴァラルはポルポウロ＝デンジャーではなく、ダークブルーに輝く恒星の子供ということ。

ラヴァラル……？

ヴァンネは自分がこの惑星を、ロボットが発する単調な音声にちなんで呼んだことに気がついた。すこし考えて、その事実をうけいれることにする。しょせん名前は名前だ。本質をあらわす名前を持つものであれば、無理なくつきあうことができる。

そう結論したところで、ヴァンネはふたたび解放された。ロボット三体に運搬ロボットの背中から降ろされる。

見まわすと、そこが司令センターだとわかった。壁は大小のスクリーンで埋めつくされている。その下に、大型キイボードやレバーや調整ねじがいくつもついた、大ざっぱな感じの司令コンソールがあるのが見える。

ヴァンネについてきたロボットたちの背後から、べつのロボットが司令センターに押しいってきて、ふたたび〝ラヴァラル〟と聞こえる単純な音声を発した。アームをぐるぐる振りまわしている。

まちがいなく、ロボットは自分になにかを期待しているのだ。しかし、かれらのジェスチュアは役にたたず、なにをしてほしいのか、ヴァンネにはわからない。おそらく、いずれかのスイッチをいれろと指示しているのだろう。しかし、正しいスイッチに触れるには、なにをしたいのかをまず知らなければならない。

トランスレーターを使った音声コミュケーションは失敗に終わった。トランスレーターは、ロボットの単調な音声に意味を見いだすことができなかったのだ。

突然、ヴァンネはおのれの意識になにかがまとわりつく感覚をおぼえた。〈わかりきったことじゃないか、ケルシュル！〉まもなく、アルバン・クムナーの思考をキャッチする。〈考えてもみろ。なんのために、きみを湖で眠る者たちのところに連れていき、すぐにこの司令センターに連れてきたのだ？　結論はたったひとつ。ロボットはきみがここのスイッチを使って、眠る者たちを起こすことを望んでいる！〉

いくぶん不満をいだきつつも、ケルシュル・ヴァンネはこの理路整然とした論を認めた。アルファ数学者には異人の行動様式から共通する意味を読みとる天分があるのは、もちろん知っている。しかし、かれの結論があまりに論理的で、そこまで思いつかない自分が恥ずかしくなることがあった。

〈わたしが出てきたのに、ちっともうれしそうではないな！〉と、クムナーの意識存在が告げた。〈心理数学論理学者のくせに、自己を苦しめ欲求不満にさせる回想に、いつまでふけっているのだ？〉

ヴァンネはおのれにいいかえす。

〈わたしはずっとひとりだったのだぞ！〉そこで話を打ち切り、現状に立ちかえった。

目標はわかっている。その目標を、自分の立場で手探りしなければならないことも。数えきれないほどの困難があるだろう。けれども、充分な時間さえあれば、あらゆる困難は乗りこえられるもの。

　惑星ラヴァラルがいま緊急事態にあることはたしかだ。眠る者たちを、外部からの援助によって目ざめさせる計画だったと仮定するのは、非論理的だろう。なにか特定の状態になれば、自動装置が働いて、眠る者たちを起こすように設定されていたはず。

　ところが、どこかがうまくいかなかったのだ。自動覚醒装置はあたえられた機能をはたすことができなかった。だが、ロボットは明らかに、眠る者たちが至急目をさます必要が生じたことを知っている。自分たちでスイッチ操作ができないことも承知している。そこで、ラヴァラルにやってきた最初の者を捕まえ、その知識と能力を借りようとした。そのさい、その者が乗ってきた複雑なメカ複合体、つまり宇宙船を見て、知識と能力の高さを判断したというわけだ。

　アルバン・クムナーはまた沈黙している。自分の専門知識が必要となれば、ふたたび介入してくるだろう。ここのスイッチ類はクムナーよりもヴァンネのほうがうまくあつかえる。だから、主導権を譲るしかなかったのだ。

　この分野、とくに異知性体の装置の原理に関して、唯一ヴァンネにまさる者は、総合エネルギー・エンジニアのヒト・グドゥカである。しかし、グドゥカはなんの動きもみせない。どうやら、いまだに精神的なショックから立ちなおっていないらしい。

　ケルシュル・ヴァンネは覚悟を決め、いちばん大きい司令コンソールの前に立った。

スイッチをいくつか押しこむ。

＊

テラの大型犬を思わせ、ほかとはかたちをまったく異にするロボット二体が、ぎごちない足どりでヴァンネのわきにやってきた。極細の金属棒がたくさん集まってできた扇型のセンサーが、猛烈な勢いで開閉をくりかえす。ガラス面を紙やすりでこするような音がした。

犬型ロボットは頭のうしろにつきでたアームで、ヴァンネの動きをまねしている。ときどきアームのつけ根に切れめが出現し、その奥に青く輝くものが見える。おそらく、それが目なのだろう。

「おまえたちがじゃますると、任務に集中できない！」と、ヴァンネは腹をたて、「部下より無知な司令官はじゃまなだけだ！」

〈いったい、どういうことになっているの？〉インディラ・ヴェキュリの意識存在が不機嫌そうにたずねる。

〈うるさい！〉ヴァンネは思考で返した。〈わたしの記憶のなかにある答えを読め！〉

ヴァンネはインディラ・ヴェキュリの発言をすべて無視することに決めた。この女ポジトロニクス技師は怒りっぽくて頑固だが、コンセプトの利益のためだと理解すれば、たいていの場合は自制する。

ヴァンネはふたたびスイッチをいくつか押した。スクリーンが五つ点灯。どこにあるかわからない通廊や部屋がうつしだされる。さらにスイッチを押すと、大型スクリーンがひとつ点灯した。しかし、役にたちそうなものはうつしだされない。それでも、宇宙港付近の地表の一光景がうつっているのがわかった。地表に突出した岩に、巨大な鋼製の門が見える。どうやら、惑星の地下に通じる入口は閉ざされているようだ。

ふとヴァンネの意識のなかに、いまなお記憶に鮮明な惑星オリンプの地下帝国がよみがえった。気が散るので、わきに押しやる。いまはラヴァラルの地下世界でなく、湖で眠る者たちを起こすことに集中しなければ。

もし成功したら？　わたしを見て、眠る者たちはどう反応するだろうか。

思考しながら、ヴァンネは作業の手を休めた。ロボットはそれにすぐ反応する。ぐずぐずするなと警告するように、ヴァンネを荒っぽくつついた。かれらにとってヴァンネは、いかなるときでも機能すべき道具でしかないのだ。

〈脅されたの？〉またべつの同居意識、アンカメラがおびえたようにたずねる。

〈いまのところ大丈夫だ〉ヴァンネは思考で応答。〈きみの存在をまた感じられてうれしいよ、アンカメラ！〉

〈ひどい状態だったけれど、すこしずつ回復しているわ。あなたをじゃまするつもりは

ないのよ、ケルシュル〉
心づかいがありがたかった。ロボットのいらだちを考えると、前にもまして手早く操作しなければならない。
点灯中のスクリーンには、注意をひく映像はうつっていない。いや、ひとつある！
ドーム型ホールの内部映像だ。湾曲した壁にそって、高電圧用碍子《がいし》と位相補正装置を
たして二で割ったような構造物が無数につめこまれている。
しかし、それよりヴァンネを興奮させたものは、なめらかなグレイの床すれすれに浮
かぶ、金色をした球型船だった。テラの宇宙船でも、ほかの既知文明の宇宙船でもない。
外殻はなめらかで、赤道環もノズルも見あたらない。装甲キャノピーも透明キャノピー
も、伸縮自在の着陸脚もなかった。
アフィリカーだったころに、秘密警察のアーカイヴで見たことのある3Dヴィデオを
思いだす。
ヴィデオの宇宙船は直径三十キロメートルだった。しかし、こちらの船はコルヴェッ
トとたいして変わらない、ちいさなものだ。
いや、金色の宇宙船の大きさを客観的に判断したわけではない。ホールには比較でき
る材料がひとつもないのだから、そもそも宇宙船の実寸がわかるはずがない。
それとも、わかるだろうか？

宇宙船の外で、なにかが動いた気がした。その気配はすぐに消える。もし動くものがあったのだとすると、人間の目ではとらえられない極小のものだろう。

それでもヴァンネは興奮をおさえきれない。ホール内部の映像を拡大するスイッチを必死で探し、いくつかためす。やがて複数のスクリーンに、宇宙船や、ホールの壁や床の拡大映像がうつしだされた。

人間がひとりうつっている！

人間？

ケルシュル・ヴァンネは興奮に圧倒されそうだった。それは背の高いヒューマノイドで、琥珀色のプラスティック製コンビネーションを着用している。見るからに薄いコンビネーションには、銀色の繊維が細かい網目状に織りこまれていた。

顔だちは人間に似ている。だが、肌の色は明らかに人間のものではない。エメラルドグリーンで、金色の模様が無数についている。ヘルメットはかぶっておらず、後頭部が大きくつきでた楕円形の頭蓋。額の下には高い鉤鼻があり、眉間《みけん》に刻まれた二本のしわが額の中央までつづいている。頬骨はすこし高く、耳は頭蓋にぴたりとそっている。大きな顎はがっしりとして、意志の強さがあらわれていた。たてがみのような銀髪が頭蓋をおおい、眉も銀色に輝いている。

ケルシュル・ヴァンネはすっかり魅了されて男の目を見つめた。エメラルドグリーンの点と線で飾られた琥珀色の虹彩。その目の持ち主がだれであるか、一目瞭然だ。

ハトル人テングリ・レトス。みずからを〝光の守護者〟と呼ぶ男！

この男の姿、顔、目の3D映像も、テラ秘密警察のアーカイヴに存在する。膨大な数の書類とともに。

アフィリー時代、たとえどのような経緯でも光の守護者に遭遇した場合、諜報部員がどういう行動をとるべきか、詳細な指示が出されていた。テングリ・レトスはあらゆる知性体への感情移入が強いせいで、自己防衛のための暴力行使を決意する時期を逸したと、アフィリー政府は考えていた。そのため、レトスを罠におびきよせて打倒し、その卓越した技術をわがものにしようと決めたのだった。

アフィリカーとして、なんのためらいも持たずに指示にしたがったことを思いだし、ヴァンネは赤面した。アフィリーを悪夢のように追いはらったいま、当時の政府が〝感情移入が強い〟と称したことの意味がわかる。それはレトスの崇高な倫理感にほかならない。ヴァンネもその倫理観を根本的に肯定している。たとえ、それを首尾一貫して持てることはないとしても。

テングリ・レトスに会わなければならない！

6

テングリ・レトスは高精度計測ができる携帯装置を持ちあわせていなかった。それがあれば、物質の状態変数を正確に調べ、自分が現在いる惑星がもともと存在した宇宙までの、六次元的に定義可能な距離を算出できるのだが。

とはいえ、その必要はない。外側センサーが回復して必要な情報を得られるようになったら、半有機脳にまかせればいいだろう。さしあたり、ハイパー空間で永遠の船と衝突した惑星が未知宇宙から来たという推測が正しいかどうか、わかればいいのだ。

それには腰のベルトに装備した〝マルティテクター〟で、わずかな計測をするだけですむ。

レトスは円盤型の装置を手にし、惑星の構成物質に存在する電子の帯電量をはかるよう、思考による指示を出した。

作業は数分で終わる。けっして長い時間ではない。数百万という電子の帯電量を調べ、平均値を出すのだから。その値をこちらの宇宙の平均値と比較すれば、差異があるかどうかはっきりする。

テングリ・レトスは同じく思考による結果をうけとった。差異は最少だと判明。しかし、統計的に比較して、惑星はこちらの宇宙のものではないと明確になった。

次に、未知惑星の原子が放射・吸収するエネルギー構成要素の大きさを計測。そのさい、テラナーが〝プランク定数〟と呼ぶ物理定数を挿入した。マルティテクターは断続的に放射・吸収された数百万の量子を測定し、計算する。

こんどは直接の比較はできなかった。計算結果が微々たる相違をしめしたという事実だけで、この惑星の構成物質の場合、プランク定数は乗数として使えないとわかったからだ。つまり、未知惑星の量子あるいはエネルギー構成要素は、こちら側の宇宙のものとは異なると証明された。

レトスはマルティテクターをベルトにもどした。自分がいるのはべつの宇宙からきた惑星だとわかっただけで充分だ。論理的に考えると、通常のフィクティヴ転送機とくらべた場合、惑星の転送に使われた転送機には作用要素が付加されているとわかる。惑星は三次元空間の距離を超えただけでなく、みずからが属する宇宙をとりまく六次元の球型外殻をもつきぬけたからだ。しかも、こちら側の宇宙の六次元球体もつきやぶったにちがいない。

どのようにして作用要素が付加されたかという疑問は、半有機脳の力を借りれば解明できるだろう。テングリ・レトス自身、かつて、べつの宇宙を訪れたことがある。しかし、惑星を旅に送りだした未知の者たちが同じ方法を使ったとは仮定できない。

未知の者たち！

かれらはこの惑星にいるのだろうか。それとも、自分たちの宇宙からこちら側の宇宙に、死んだ天体を送っただけなのだろうか。

かれらはすくなくとも膨大な知識を持っているにちがいない。知性体というものは、精神が発展途上段階にあるかぎり、唯一無二の宇宙しか想像しないのがつねであるからだ。よく考えれば、それは見当違いではない。あらゆる物質はたったひとつの全体の構成要素だから。とはいえ、この〝全体〟は、六次元的に閉じこめられた無数のサブユニット、つまり部分宇宙から構成されている。それを単純に宇宙と呼ぶこともできるが、それならば、〝全体〟は〝超宇宙〟と表現しなければならない。

テングリ・レトスは、行方不明の両親が永遠の船のなかで授けてくれた教育プログラムで、超宇宙とはきわめて複雑な有機体を意味すると知った。単純な比較をすれば、その有機体のなかでの宇宙は、生まれては消えていく細胞と同じだ。超宇宙とは、まさに超エネルギッシュな有機体だということ。

それ以上のことは、長い歳月をかけて集めた膨大な知識も教えてはくれない。肉体をともなう有機知性体の想像力をはるかに超えたところに、その答えはあるようだ。たとえば〝それ〟のように、肉体をともなわない有機知性体ならば、より崇高な認識を手にすることができる。だが、万物すなわち宇宙をコンテクストのなかで理解するのは、かれらにも不可能だ。それがいつか可能になるのは、想像を絶する数の精神知性体が宇宙を理解する目的でひとつにまとまり、超宇宙がたったひとつのウルトラ知性体となって自己を知ったときかもしれない。

超越知性体もふくめ、いまある知性体に、対立の激化をそらし、連帯を促すことで宇宙の理解への道を開放する。それが、光の守護者が祖先に課せられた第一の使命である。レトスにとり、それが重くのしかかる負担となることもあった。自分の能力には限界があるし、ときに否定的になる傾向もあるからだ。友がいても、自分の思考を友はひきつぐことができず、しばしば孤独を感じたもの。

たしかに、〝それ〟のような超越知性体とのコンタクトは頻繁にある。しかし、こうした超越知性体は、自分とはまったく違う進化の産物だ。だから連帯感はない。さらに、これまで出会ったたいていの超越知性体は間違った道を歩んでいる。光の守護者を容赦なく狩りたてるケースすらあった。

じつのところ、明確な手本となる正しい道を歩もうとする超越知性体を、レトスはひとつしか知らない。

ところが、この〝歩もうとする〟事実は悲劇もともなう。〝それ〟もまた、しばしば間違った道を歩み、ミスをおかし、のちに苦労して修正するはめになっているのだ。しかも、テングリ・レトスが存在するのは〝それ〟の発展段階のさらに下にある段階である。

にもかかわらず、〝それ〟は最近もかれにコンタクトをとり、宇宙の広範囲を危険にさらすものを、べつの生物と協力して修正するようにたのんできた。〝それ〟がすべての進化に単独で介入することはできないし、また許されない。そのため、自分よりも低い精神段階の知性体の力にたよることを余儀なくされる。

テングリ・レトスは無意識に背筋を伸ばした。

「わたしは光の守護者。闇を照らす光を守るため、おのれの力で最善をつくさなければならない！」と、宣言する。

自発転送機を作動させ、巨大ホールの反対側のはしに瞬間移動した。そこには門があり、門の向こうに、おそらく地表に通じる道がある。あらたな知識に通じる道が。

＊

ケルシュル・ヴァンネが、ロボットたちを使って地下深くの巨大ホールにいるテングリ・レトスのもとへ行く方法を考えていたとき、ヒト・グドゥカの意識存在に呼びかけられた。

〈わたしはずいぶん前からここにいた。でも、まずは状況を把握するため、耳を澄ましていたのだ〉と、グドゥカが告げる。〈その結果、ある疑念を持った〉

ヴァンネはヒト・グドゥカが肉体をひきつごうとしているのを感じた。そうしたことはコンセプトの意識存在同士、おもてだって話しあったりはしない。待ってましたとばかりに、主導権をグドゥカに譲る。総合エネルギー・エンジニアが自分よりもうまくやってくれるといいのだが。

すぐにグドゥカが主導意識となった。

「眠る者たちを起こす前に、ひとつテストを決行する」と、ロボットにいう。

ロボットはまったく無視してグドゥカをつつきまわした。グドゥカの激しやすい気性に火がついたが、自制する。怒っても混乱を招き、事態が複雑になるだけだ。

どのみちロボットはスイッチ操作など理解できないから、必要なテストをさっさと準備する。ケルシュル・ヴァンネと違い、グドゥカは司令センターにあるスイッチ・システムの重要機能を本能的に見ぬいていた。それで疑念をいだいたのだが、いまはまだ口にするつもりはない。

最初のテストで、疑念のひとつが正しかったと証明された。自動覚醒装置は、惑星が再物質化した瞬間に作動するように設定してある。プログラムは設定どおりに実行されたのだ。だが、眠る者たちは目ざめなかった。

もちろんその理由はたくさんあるが、膨大な知識と、技術関連事項に対する鋭い直感により、可能性のあるのはひとつの理由だとグドゥカは推測した。

かれの考えでは、べつの場所に主ロボット脳があり、その記憶装置に映像が保存されているにちがいない。この司令センターから操作して映像を呼びだすさいに、暗号コードが必要にならなければいいのだが。

いくつかスイッチを押すと、ロボット脳に接続できた。ポジトロニクス、インポトロニクス、レトルト培養生物が複雑に組みあわさったものだとわかる。

さまざまな文明の代表者たちが、それぞれ最高の技術成果をラヴァラルのロボット脳に持ちより、一ユニットにまとめたのだろう。とてつもなく困難で時間を要する作業だったにちがいない。その結果はまちがいなく芸術作品と称されたはずだ。うまく機能し、持ちよった技術の相乗効果としか考えられない性能を発揮したのだから。

〈ここで多種多様な知性体がなしとげたことは、純然たる技術構成体として、複数の意識存在が一コンセプトの肉体に統合されていることと同じだ！〉と、ヒト・グドゥカは思った。

しかし、偉大な成果に感嘆するうちに、悲しみが忍びこんできた。予感はあったのだが。

解明の手がかりとなる記憶データを呼びだす。かれが〝マルティトロニクス〟と名づけたロボット脳は、思ったとおり、暗号コードもアクセス権限ももとめない。マルティトロニクスの建造に、多くの多様な知性体が参加した証拠である。

ポスビが使うような、数学的シンボルで構成された記憶データをうけとると、グドゥカはがっかりし、意気消沈した。

〈眠る者たちは死んでいる！〉と、ほかの意識存在に告げる。〈非物質化した惑星が、同じく非物質化した物体とハイパー空間で衝突したさい、とてつもない重層衝撃波が発生した。その犠牲になったのだ〉

〈しかし、光の守護者はその衝撃波を生きのびた！〉と、ケルシュル・ヴァンネ。

〈おそらく、ラヴァラルの知性体のような深層睡眠状態ではなかったからだ〉グドゥカが応じた。〈あるいは、永遠の船には衝突に耐えられるすぐれた防御装置があったのだろう。ロボットたち、わたしが主人になにもしてやれないとわかったら、どう反応するだろうか〉

〈真実を告げるのは間違いだ。われわれ、かれらの前でほぼ無防備なのだから！〉ヴァンネが訴える。

ヒト・グドゥカはケルシュル・ヴァンネが主導意識にもどりたがっているのを感じ、すぐに座を譲った。この問題は、自分よりも心理数学論理学者のほうが容易に解決できるから。

ヴァンネもそれは承知している。ただ、自分の能力と知識は問題を解決するのに充分だろうか。とはいえ、それは気にせず、すぐ問題解決にとりかかった。

おのれのインパルスを利用してスクリーンに図柄をうつしだす電子機器がある。ヴァンネはそれを使い、自分には制御システムの操作が困難であること、この難局を乗りこえるには異人とコンタクトをとらなければならないこと、異人の宇宙船が惑星地下の転送ホールで物質化したこと、この異人しか眠る者たちを起こせないということを、ロボットたちに理解させた。

ロボットの反応からは、こちらが伝えた論拠を認めたかどうかはわからない。

ケルシュル・ヴァンネはふたたびロボットの背中にくくりつけられた。ロボットの行列の先頭を、

ヴァンネは宇宙港を運ばれながら考えた。ロボットたちは自分を役にたたない道具とみなし、眠る者たちの湖に投げこむのではないか。どうすれば、この運命から逃れられるだろうか。

あたりはすでに夜になっている。わが身の状況も忘れ、ケルシュル・ヴァンネは星のないラヴァラルの空をうっとりと見あげた。恒星はまったく見えないが、塵カバーはかつて見たこともないほど魅惑的な赤い色に輝いている。

運搬ロボットが立ちどまっても、逃げだせる可能性はない。だから、ロボットの背中

から持ちあげられ、あの岩の前に連れてこられたことがわかると、ほっとした。惑星地下に通じる入口を閉ざす、巨大な鋼製の門があるところだ。

以前は閉じていた門が、いまは大きく開いていた。その奥に、青いライトに照らされた幅のひろい通廊がゆるやかにくだっているのが見える。

ヴァンネの鼓動が高鳴った。

ロボットは自分の論拠を認めたのだ。これで光の守護者に会えるかもしれない。そうすれば、光の守護者が卓越した技術を駆使し……

〈よろこぶのはまだ早い！〉ヒト・グドゥカが告げる。〈テングリ・レトスは難破したのだぞ。永遠の船の装備が使えない恐れがある〉

ケルシュル・ヴァンネは冷水を浴びせられた気分になった。それでも、ショックからすぐに立ちなおる。ハトル人テングリ・レトスの偉大なる知恵を信じていたから。

司令センターでヴァンネを監督していたロボット二体が、荒っぽくかれを前方に押し、開いた門をくぐらせる。

ヴァンネは大股で先を進んだ。

背後に聞こえていたロボットの単調な足音が消える。振りかえると、門が閉じたところだ。

ロボットは一体も追ってこない。

〈地下施設にはいれないよう、プログラミングされているのよ〉ポジトロニクス技師、インディラ・ヴェキュリの意識存在が告げる。

〈なるほどね、インディラ！〉

ヴァンネはそう思考を送って立ちどまると、思わず高笑いを響かせ、これまでの精神的な緊張を解きはなった。

インディラ・ヴェキュリの憤慨した精神インパルスを感じる。そこで笑うのをやめ、「わたしは解放された。これでテングリ・レトスに会えるぞ！」と、声に出した。

＊

前方にはドーム型のホールがあった。色とりどりに輝くエネルギー泡であふれている。ヴァンネは足をとめ、エネルギー泡を怪訝《けげん》な目で眺めた。泡に動きはなく、脈動も見られない。だが、ただの泡であるはずはない。間違った行動をとれば、危険な存在になるだろう。

とはいえ、ここではなにが間違った行動で、なにが正しい行動なのか？

〈あなたの精神って、これまでにそうとうなダメージをうけたのね、ケルシュル！〉インディラ・ヴェキュリが皮肉った。〈ロボットがわれわれをここに送りこんだのは、さらなる助けを期待しているから。われわれがテングリ・レトスとコンタクトをとりさえ

すれば、助かると思っている。だから、われわれを危険にさらすことはしないはず〉

〈ロボットがラヴァラルの地下世界を知っているというのか？〉ペール・ドンクヴェントがばかにしたような口調で介入する。〈そんなはずはない。知るわけないじゃないか。地下世界にはいるようにプログラミングされたことなど、一度もないのだから！〉

〈そのとおりだ！〉と、ヴァンネは思った。

ペール・ドンクヴェントのいったことは自分も考えていた。実践主義者のヴァンネはさっそく、ぎりぎりの危険を覚悟して、それをたしかめにかかる。

ベルトから小型デテクターをはずしてスイッチをいれ、直近のエネルギー泡にインパルス発射口を向けた。デテクターのセンサー・ポイントに触れると、計測と泡のエネルギー構造分析がはじまる。

はじめの結果では多くはわからなかった。エネルギーの大部分が電磁性だとわかっただけだ。つまり、通常次元のエネルギーということ。このエネルギー形態であれば、五次元性エネルギーの能力がくわわり、エネルギー泡は浮くことができるのだ。なかは空洞になっている。

さらなる計測結果を手にしたヴァンネは、その五次元性エネルギーの潜在する部分に転換フィールドがいくつも組みいれられているのを発見。けれども、転換フィールドの原理には通じているし、実践応用もできるが、この特殊な転換フィールドにひそむ機能は理解できない。

〈転換フィールドが活性化されると、通常次元エネルギーの一部がただちに五次元性エネルギーのレベルにひきあげられるのだ！〉アルバン・クムナーが告げた。

つづけて、技術的な解説をならべたてる。ヴァンネには半分しかわからないが、クムナーのいおうとすることは理解した。このエネルギー泡の球体は操縦可能で、自動的に機能する移動手段だ。これを使って、ラヴァラルのかつての支配者たちは地下施設内での遠距離移動をこなしたのだ。

操縦方法をクムナーは口にしなかったが、べつに困らない。それは実践主義者である自分が解決すべき問題だから。

この高度に発達した移動手段が危険をおよぼすはずはない。ヴァンネは直近の球体に歩みよって、手で触れる。

その瞬間、デテクターのスクリーンに圧縮されたかたちの数式があらわれた。それは、球体内部でなにかが活性化されたことをしめしている。

次の瞬間、ケルシュル・ヴァンネは球体の内部にいた。なな め上に、さまざまな色の光点が見える。その使途を、かれは直感した。

デテクターをしまい、一光点に触れる。期待どおり、球体がそれに応じた動きをはじめた。ゆっくりと左に浮遊。外のようすはエネルギー球体の壁ごしに見える。

試行錯誤ののち、球体をテラのグライダーなみに操縦できるようになった。自分の乗る球体がべつの球体に一定距離まで接近すると、相手が自動的に道をあけることも発見。そうしてできた隙間を進んでいくと、さらなる通廊が出現した。ヴァンネは時速百キロメートルで球体を駆った。

通廊がかたい壁で行きどまりになっているのを知り、制動をかけようとする。ところが、球体はすでに反応し、シャフトの円形入口のすぐ上に浮かんだ。シャフトは垂直に惑星地下に通じている。

ケルシュル・ヴァンネは迷うことなく、超高速リフトのキャビンのように、球体を地下の深みに沈めていった……

7

ケルシュル・ヴァンネがこの移動手段の信頼性を疑ったのは、球体が横揺れしながらシャフトの壁にぶつかり、外殻がはげしく輝いたときだ。

身の毛もよだつ高音が耳を聾する。エネルギー球体は薄むらさきに色あせ、外が見とおせなくなった。ヴァンネは右に左にはげしく振りまわされる。

静寂がもどると、自分がまだ生きていることに驚いた。仰向けに横たわり、頭と足が球体の湾曲にそって持ちあがっている。無傷であると知って大きく息をついた。すり傷ひとつ見あたらない。エネルギー球体はもとの状態にもどっていた。かすかな閃光がたまに外殻をはしるだけだ。

上体を起こし、球体の内壁に両手をついてからだを支えると、まわりを見まわした。

次の瞬間、驚いて大声を出す。

「ワストル！」

球体のすぐ下、いまだ底の見えないシャフトのなかに、痩《や》せて長身のヒューマノイドの姿があった。銀色に輝くコンビネーションを着用している。幅広のベルトと、テラ製のものとはまったく違う背嚢《はいのう》がついている。

　ヴァンネはまさに直感からその男をワストルと呼んだ。〝闇の蝶〟で会ったアンドロイドだ。この〝ひらめき〟が正しいと証明されたのは、完璧に左右対称でなめらかな無毛の顔を眺めてからである。その顔を、インディラ・ヴェキュリは〝絵の具で描いたような〟と表現したもの。

　かつてワストルはアンドロイドのクラモウスとともに〝それ〟の命令で、ケルシュル・ヴァンネが不気味な小惑星でうけた最初のテストを監視した。そのときにクラモウスは爆発したから、いま目の前にいる男はワストルだろう。このアンドロイド二体は同一の外見を持つ。

〈〝それ〟がまったくべつのアンドロイドを送ってきたのかもしれない！〉インディラ・ヴェキュリが告げる。

〈まあね！〉と、ヴァンネは応じた。

　先ほどは、ワストルが球体の行く手に突然あらわれたため、急制動がかかったにちがいない。そうしなければワストルに激突し、破壊してしまうから。

「球体から出るにはどうするんだろう？」と、ヴァンネは口にした。

　身じろぎひとつせずこちらを見つめるアンドロイドに視線をはりつけたまま、ヴァンネは指で球体のさまざまな場所に触れた。球体は反応をしめさない。そのとき、ひとつだけはなれた場所にあるため、これまで触れたことのないセンサー・ポイントが一カ所あったのを思いだした。

ポイントに触れる。その瞬間、ヴァンネは球体の外にいて、深みに落ちていく。断末魔の叫びが口から出る直前、アンドロイドが右腕を伸ばし、ヴァンネの肩ベルトをつかんだ。はげしい衝撃があったが、アンドロイドはがっちりつかんではなさない。

「ありがとう！」と、ヴァンネ。どっと汗が噴きだしていた。

次の瞬間、ペール・ドンクヴェントの意識が前面に出てきて、

「もしあんたがワストルなら、いつか調合した、あのうまい代物をひと瓶くれないか」

ワストルの顔から傲慢さが消える。均整のとれた顔だちに、とまどいの笑みがきわだった。

「いかにも、わたしはワストルだ……で、きみはたしかペール・ドンクヴェント。当時〝シバの女王〟と自称した」

インディラ・ヴェキュリがドンクヴェントを押しのけて、

「それはわたしよ。あのとき自制を失ったことはあやまるわ。でも、あれはこのペールのせいなの。アルコールをどうしてもがまんできなかったから」

「インディラ・ヴェキュリか？」と、ワストルは、「きみはあのときわたしを抱きしめ、

情熱的なキスをした。だがわたしの知るかぎり、当時のコンセプトに〝自制〟と呼べる機能はなかったはず。だから、きみは自制を失いようがない、ミス・ヴェキュリ」

インディラ・ヴェキュリがあっけにとられたそのすきに、ケルシュル・ヴァンネはふたたび主導意識の座に乗りだした。

「さっきはわたしの球体をあぶない目にあわせてくれたな、ワストル。すると、きみは〝それ〟に派遣されてきたのか。わたしになにか伝えるために。それにしても、われわれはなぜ、これほど厄介で危険な状況下で出会うことになったのだ？　〝それ〟がきみをオリンプに送ってもよかっただろうに」

「われわれふたりの出会いの場を調整するということなら、たしかにそれでいい」と、アンドロイドは、「だが、そうではないのだ。人類の次なるミッションは、多大な努力を必要とするだけではなく、とりわけ質が問われる。〝それ〟はいかなる失敗も許さない。失敗すれば、人類や、宇宙の大部分に莫大な障害が発生する恐れがあるから。だから、〝それ〟はテングリ・レトスを呼び、このミッションで人類を助けるようにたのんだ」

ヴァンネは苦笑いして、

「テングリ・レトスがここにいるのはわかっている。しかも難破して。どうやら〝それ〟は計算違いをしたようだな」

「〝それ〟はこの惑星の出現を予見できなかったし、予防策もとれなかった。惑星がべつの宇宙からきたから」と、ワストルが説明。「ハイパー空間での衝突はせいぜい三百万年に一度の偶然だ。きみと永遠の船は、ポルポウロ＝デンジャーの塵カバーのかげで出会う計画だった」

「わたしの同居意識たちが塵カバーのパラメンタル性バリアの有害な作用で苦しめられたのも、計画にあったのか？」

「それは絶対に違う。塵カバーがパラメンタル・エネルギーを帯びたのは、この惑星が再物質化してからのこと。そのさい、眠る者たちは死んだ。ところが、重層衝撃波のせいで肉体からパラメンタル・エネルギーが放射され、すぐそばにあった物質と結びついてしまった。それが塵カバーだったというわけだ」

「テングリ・レトスとわたしを助けに、もっと早くくるべきだったのに！」

「それはできなかった。この惑星はつい先ほどまでショック・フィールドでとりまかれ、わたしが実体化するのを拒んでいたから」

「全知の〝それ〟め！」と、ヴァンネは激怒して、「人類なら、ここまで厄介な災いは起こせないぞ。いずれにせよ、わたしはテングリ・レトスを探す。かれはわたしの助けを必要としている。わたしがかれの助けを必要とするように。きみがいっしょにきたいなら、わたしの球体に乗っていくしかないな」

「そのつもりだ」と、ワストル。

＊

ふたりは球体でシャフトの底まで飛び、いくつもの通廊を通って巨大ホールに到着した。見慣れない機械であふれている。

突然、球体が床に向かって沈み、ゆっくりと消滅していった。

「終点だ！」と、ケルシュル・ヴァンネ。

〈球体がエネルギーを使いはたした〉と、ヒト・グドゥカが告げる。

ヴァンネはあたりを見まわした。そこかしこから監視されている気がする。出口のない罠に落ちた気がした。

「歩くしかないな」と、ワストル。

「だめだ！」ヴァンネがヒステリックな声で、「すぐ脱出する！」

ワストルは驚いてかれを見つめ、

「どうした？　なぜ逃げるのだ？」

「感じないのか？　罠にはまったんだ！　機械のかげに敵が待ちぶせしている！」

ほかの意識存在が発してくるパニック・インパルスに襲われ、ヴァンネの恐怖は限界を超えた。

「ここに敵などいない」ワストルはあきれて、「しっかりしてくれ！　きみの思いこみだ。これまでのことで、そうとう神経がまいっているようだな」

　ケルシュル・ヴァンネはかたくなにかぶりを振った。全身、冷や汗におおわれている。見ひらいた目であたりを見まわし、ゆっくりとあとずさった。くりかえし悪寒《おかん》がからだをはしる。いきなり恐ろしいライオンの匂いを嗅いだ、無防備な小犬のようだった。

　ワストルに腕をつかまれて悲鳴をあげ、その手を振りはらう。すぐにインパルス銃をとりだした。もうエネルギーはのこっていないが、殴る武器にはなる。アンドロイドの頭蓋めがけて渾身の力で振りおろした。ワストルはすんでのところで一撃をかわす。

「しっかりしろ！」と、ワストル。「でないと、パラライザーで撃つぞ。ばかげた行為は自分の命とりにもなるんだ」

　ケルシュル・ヴァンネは聞いていない。まともな話を聞くことはもうできない。しかし、そこにあらわれた者の姿を見ていっきにわれに返り、理性をとりもどした。

「テングリ・レトス！」と、低く声を洩らす。

　光の守護者は挨拶をするように片手をあげた。

「だれだか知らないが、ずいぶん混乱しているようだ。連れのほうはそうではないが」

　それからワストルに目をやり、

「外見から察するとアンドロイドのようだが、〝それ〟に送られてきたのかね？」

「わたしはワストル。〝それ〟のところからきた。〝それ〟が人類に期待することを、あなたとケルシュル・ヴァンネに伝えるよう命じられたのだ。あなたの助けで、人類が次なる大きなミッションを成功させられるようにと」

ヴァンネの目がかすむ。ふたたび恐怖に揺さぶられる。

「急いでここを出なければ！」と、押しころした声をだした。

光の守護者はヴァンネをひとしきり眺め、注意深くあたりを見まわす。円盤型の装置をベルトからとりだすと、じっと見つめた。ふたたびあたりを見まわし、装置をしまう。

「このホールにある機械の構成物質がパラメンタル・エネルギーを帯びていて、きみにとてつもない恐怖を味わわせているのだ」と、ヴァンネに向きなおっていった。「しかし、ここに真の脅威は存在しない。原因がはっきりすれば、恐怖から解放される」

ケルシュル・ヴァンネはテングリ・レトスの言葉の響きに耳をかたむけた。ひと言ひと言、聞くごとに、恐怖が消えていく。ふたたび明晰な思考ができるようになると、光の守護者に対する無限の信頼が、ホールのパラメンタル放射を無視する力をあたえてくれたのだとわかった。

深く息を吸いこむ。やがて口を開いた。

「ありがとう、レトス！　わたしはケルシュル・ヴァンネ。われわれがここで出会うというとんでもない計画を、〝それ〟が考案したようだ」

光の守護者は笑みを浮かべ、

「失敗をまぬがれない生き物はいないものだよ、ケルシュル。きみはふつうの人間ではないな。先ほどマルティテクターをきみに向けたら、重なる複数の意識を感知した」

「わたしはコンセプトだ。この肉体はわたしのものだが、ほかに六人の同居意識が住んでいる。たがいに補いあうことで、それぞれの能力の相乗効果を生みだしているのだ」

ヴァンネはばつが悪そうに笑い、「でも、われわれの遺伝子のなかに埋めこまれた原始的恐怖を解きはなつ放射に対しては、まったくのお手あげで」

「それぞれの能力と同じように、それぞれの持つ恐怖が相乗効果で増幅したのだろう」

そういうと、テングリ・レトスはまじめな顔にもどり、

「調べてわかったのだが、この惑星は圧力フィールドにとりまかれている。明らかに、惑星転送機のエネルギー放射が制御不能となったことが原因だ。圧力フィールドの強さがある数値を超えると、転送フィールドとして作用する」

「どのようにして、わかったので？」と、ワストルがたずねる。

「ときどき、圧力フィールドのエネルギーが、転送機のある方向にはげしく逆流するのだ。それによってひきおこされる衝撃波を測定したのだよ」

ヒト・グドゥカがコンセプトの最上位に出てきて、

「その衝撃波が物質の部分的な非物質化を招くと？」

「そのとおりだ」と、テングリ・レトス。

「すると、圧力フィールド内で七次元性コアが形成されたということ！」グドゥカが興奮していった。

「七次元性の貫通コアだ！」と、テングリ・レトスも興奮し、「だが、転送フィールドは、惑星が非物質化したあとにこちら側の宇宙の六次元の殻を貫通したのかもしれない。すると、惑星はおそらく、もともとあった場所で再物質化するはず」

「べつの宇宙で」ワストルが冷静にいった。

「わたしの船に連絡しなければ」と、テングリ・レトス。

ベルトにつけた卵型の装置に触れる。アンドロイドとヴァンネが驚愕の視線を向けたときには、すでにレトスは思考転送機を使って永遠の船の半有機脳と連絡をとっていた。

〈外側センサーはもう作動したか？〉と、レトス。

〈完璧です。惑星表面および内部の状態が明らかになりました。この惑星が属していた宇宙の状態変数の値は、コンプトン効果を除外して不確定性原理を広範囲に抑制した結果、三十七かける十のマイナス十五乗と判明しました〉半有機脳が答える。

〈つまり、われわれの六次元宇宙の、ごく近いところに存在するということ〉テングリ・レトスは思考した。

〈そうです。必要な準備をすれば、比較的かんたんに到達できるでしょう〉

〈この惑星をすぐに出ないと、われわれ、いやおうなしにその宇宙に行ってしまうことになるぞ。惑星の周囲には七次元性貫通コアを持つ圧力フィールドがあるからだ。惑星はまもなく故郷宇宙に投げかえされる……その前にここを出なければ、われわれも連れていかれる。すぐに船にもどるぞ〉

〈いまはだめです！〉半有機脳が応答。〈外側センサーがホールの周囲に活性化ゾーンを計測しました。そこでは現在、部分的な非物質化がはじまっています。そのようなゾーンに近づけば、非物質化プロセスにひきずりこまれてしまうでしょう〉

テングリ・レトスは驚愕した。

接続を切り、一同にいまのやりとりを報告する。

「半有機脳によれば、いま、自発転送機を使ってはならないそうだ。それでも、歩いて船にもどることはできる。そうすることにしよう。諸君にも同行願いたい」と、しめくくった。

「光の守護者がそんな非理性的なことを考えるとは知らなかった」と、ヒト・グドゥカがいった。皮肉ではない。「圧力フィールドはいま、強まっているのだ。結果として、物質の非物質化が量的にも質的にも進行している。それはあなたもわたしと同様、よくわかっているはず。われわれ、そのプロセスのなかに確実にひきずりこまれ、消失してしまう」

「あやまらなければならんな」と、テングリ・レトスはこうべを垂れる。「わたしの非理性的な考えはひとえに、強い絆《きずな》を船に感じ、それが思考回路に影響をおよぼしたから。だが、永遠の船がなければ、人類への手助けが半分しかできないというのもまた事実だ！」

ここでケルシュル・ヴァンネがふたたび主導権をとった。

「しかし、あなたの報告では、ラヴァラルの故郷宇宙との距離はわずかだとか」

「宇宙と宇宙のあいだには、われわれの距離単位は通用しない」と、テングリ・レトスは、「数兆光年の距離を飛べたとしても、べつの宇宙に行きつくことはない。われわれとべつの宇宙を隔てるのはn次元バリアだ。それに匹敵するものを、われわれは想像すらできない。まったくもって説明不可能なものなのだ」

「あなたはそのバリアを乗りこえられると？」

「永遠の船があれば可能だ。だが、それがなければ……」

「では、あなたの船の半有機脳に伝えてくれ。船がラヴァラルの道づれになっても、またわれわれの宇宙にもどってこられる、と」と、ヴァンネ。

「そのとおりだな」レトスは答えた。

ふたたび思考転送機を作動させる。しかし、半有機脳は応答しなかった。

「命令が伝えられない」レトスは茫然として、「おそらく、すでに非物質化が進行中のゾーンが、惑星転送機の周囲を球状につつみこんでいるのだろう」

「それなら、われわれとともに地表に出よう」と、ヴァンネ。「ロボットにエネルギーをとられていなければ、スペース＝ジェットで飛べるから」

テングリ・レトスの目が暗くなっていった。それにつれて、瞳のなかにあるエメラルドグリーンの点と線が明るく輝く。

「船はあきらめるか！」そう声にだしてつぶやき、〈つまり、ネルソン姉弟を不確実な運命にまかせるということ〉と、思考のなかでつけたす。「そうするしかない」

＊

幅のひろい通廊が交差するところにくると、テングリ・レトスは注意を呼びかけ、前方を指さした。

ケルシュル・ヴァンネは緊張してそちらに目をやったが、なにも見えない。

ワストルには見えたらしく、

「この惑星のロボットだ。こちらに向かって行進してくるぞ。どういうことだ？　ヴァンネ、ロボットは地下施設にはいれないようにプログラミングされていると、いわなかったか？」

「そのとおり」と、アルバン・クムナーが応答。主導意識の座をすんなりひきついで、

「ところが、ロボットは禁止命令を軽視している。ラヴァラルの周囲でn次元フィールドを計測し、その場合は眠る者たちを起こすことを最優先せよとプログラミングされているとしたら、その指示が地下への立入禁止命令に優先するわけだ」

「それで、ロボットたちはわたしを司令センターにひっぱっていこうと、やってきたのだな」と、ヴァンネ。ふたたび主導権をひきついでいた。

「動きは非常にゆっくりだ」と、テングリ・レトスは、「かれらを迂回して地表に出るのは、それほどむずかしくないかもしれないな」

「破壊してもいいのでは」と、ワストル。

「それは無理だ。エネルギーを吸いとってしまうロボットがいるから」と、ケルシュル・ヴァンネ。「わたしのインパルス銃は、おかげでもう使えない」

ワストルは腰につけた細い筒をたたき、

「マイクロ核融合ミサイルなら大丈夫だ」

テングリ・レトスがかぶりを振り、

「暴力の行使には賛成できない」と、きっぱりいった。

「ロボットは生物ではないが」と、ワストル。

「かれらはこの惑星の守護者だ」テングリ・レトスが応じる。「わたしはたとえ相手が物体であっても、権利の侵害にあたる場合はいかなるときも暴力の行使は避けてきた。

いまもそういう場合だといえるはず。さらに、この惑星がもどるところには、おそらく知性体が存在する。かれらはとりわけ、未知者がラヴァラルで暴力を行使したかどうかで、われわれの宇宙を判断するだろう。それにわたしは、ラヴァラルが探知目的で転送されたのだと考えている」

レトスの脳裏にふたたびメイベルとガイ・ネルソンの姿が浮かんだ。ふたりもべつの宇宙に投げとばされてしまうのだろう。しかし、ふたりのことはこんども口にしなかった。理由はわからないが。

「侵略行為の前衛なのか！」と、ヴァンネは、「われわれ、まったく運が悪い！」

「わたしは侵略だとは思わない」テングリ・レトスは反論。「そうであれば、ラヴァラルは要塞であるはずだ。とはいえ、異人がわれわれの宇宙を大々的に調べるのは可能だと思う。あるいはなんらかの深刻な理由で、かれらが自分の宇宙を去らざるをえなくなったとも考えられるが」

「湖の底ではすくなくとも十五種族の代表が眠っている」と、ケルシュル・ヴァンネ。「それに、司令センターの近くにあるマルティトロニクスは、さまざまな構造体を自由な発想でうまく統合したロボット脳でできている。ここでは、多様な種族が結集して科学技術を駆使するという、壮大な営みがあったのだと思う」

「しかも、その営みの主導者たちは強力な超心理エネルギーをそなえていたようだ」テングリ・レトスが考えこんでいった。「暴力的なメンタリティの痕跡がなにひとつのこっていないのが、その証拠」

レトスは通廊の交差点を右に曲がった。ヴァンネとワストルがつづく。いつのまにかロボットの足音が聞こえてきた。しかし、しだいに遠ざかり、三人が一キロメートルほど進むと、まったく聞こえなくなる。

そのかわりに、違う物音がした。鈍くとどろく音で、惑星の中心から聞こえてくるようだ。ときどき大きくなっては、すぐまた聞こえないほどちいさくなる。

「圧力フィールドが惑星転送機を刺激して、エネルギー放射が高まっているのだ」テングリ・レトスが説明。「いっしょに連れていかれたくなければ、あと二時間のうちに、この惑星を出なくては」

「無理だ！」ヴァンネがあえぐ。「移動手段がなければ、地表に出るまで十時間はかかる」

ワストルはテングリ・レトスを見て、

「われわれ全員では無理なら、あなただけでも自発転送機を使って脱出してもらいたい、レトス！」

「きみとヴァンネを連れていけるかもしれない。もちろん、自発転送機を使うのは不可能だが。そんなことをすれば、ハイパー次元エネルギーの逆流に巻きこまれてしまうかもしれない。その場合、原子よりちいさな領域でわれわれの肉体を構成するエネルギーは、圧力フィールド内で消散してしまうだろう」

眉間のしわがさらに深く刻まれる。やがて、テングリ・レトスはしずかに口を開いた。

「制限時間内に地表に出る方法はもうひとつある。わたしが移動手段を調達しよう」腰のベルトをしめし、「ここにさまざまな機能ユニットを携帯している。なかに、思考命令によって時間バリアを構築する装置があるのだ。残念ながら、時間バリアが有効なのは装置を携帯する者のみ。だが、わたしがこれを使って過去に行けば、移動手段を調達してここにもどり、制限時間内に地表に出ることができる」

「待ってくれ！」と、ワストル。

だが、すでにテングリ・レトスの姿はなく……

＊

光の守護者にとり、時間バリアの複雑なメカニズムを使って未来や過去に移動するのは、いつものことだ。

注意深くあたりを見まわし、いまから三時間後にケルシュル・ヴァンネとワストルの三人でやってくる方向へ急いだ。ロボットはまだ地下世界には侵入していない。遭遇する心配はないだろう。

適切な時間に移動手段を調達してふたりのもとにもどることに関しても、心配はいらない。かれの心配はほかのところにあった。

時間バリアを使えば、ラヴァラルの惑星内部に到着したときまで〝もどる〟ことができる。しかも、いまの時点から見て、すこしあとに手にはいる知識を携えて。

そうすれば、永遠の船がべつの宇宙に飛ばされることを阻止できるだろう。船だけではない。自分もネルソン姉弟も。

けれども、〝それ〟以外のほかの生き物同様、むずかしい時間操作で生じる危険はまったくわからない。最悪の場合、時空の不安定状態がつづく〝時間パラドックス〟にいたるかもしれない。そうした不安定さが因果律の逆転にまでおよぶ恐れがある。

永遠の船でいえば、たとえ現時点から見て近い将来のことであっても、すでにこの惑星の出現原因と結果を構成する枠組みの一要素になってしまっている。それがレトスにとって心配の種であった。もし船をその枠組みからひっぱりだせば、ラヴァラルの未来に重大な変化が生じるにちがいない。しかも、さらなる影響は予想できないのだ。

だから、しかたなく船をあきらめたのである。レトスは先を急ぎ、ケルシュル・ヴァンネがエネルギー球体を発見したホールを見つけた。マルティテクターで走査して、エネルギーをいちばん蓄えている球体を探し、それに乗りこんで、きた道をもどる。

ホールを出る前に振りかえると、ちょうどケルシュル・ヴァンネが反対側の入口にあらわれたところだ。とはいえ、ヴァンネはこちらを見ていない。注意がすべて球体に向いているから。

テングリ・レトスはにやりと笑った。

もしヴァンネがいま……いや、〝あのとき〟に自分を見たら、どうなっていただろう。そんなことにならなくてよかった！　未来がむやみに複雑になるだけだ。

半時間後、ヴァンネとワストルを置きざりにした場所に到着。いや、置きざりに〝することになる〟場所だ。早く到着したので、まだふたりの姿はないから。もし、過去や未来に移動したその時間きっかりに自分をもどす装置がなければ、時間旅行はきわめて危険なものになるだろう。

思考命令で時間バリアのスイッチを作動させた。つかのま、渦巻くヴェールのようなものにつつまれる。やがて、レトスの球体は仲間ふたりのすぐ前に浮いていた。

ケルシュル・ヴァンネはほっとして笑い、目配せをする。いっぽうワストルは感情を表面に出さない。

ふたりを球体に乗せ、テングリ・レトスはスピードをあげて地表をめざした。

「きみたちに報告することがまだあるのだ」と、ワストル。コンビネーションのポケットからポジトロニクスのプリントアウトをとりだして、「ここに記された座標に、なんとしても遠征部隊を向かわせてもらいたい。あるものをそこで探しだし、適切な処置をとってほしいのだ。もし、それを本来の用途にもどすことができなければ、宇宙の大部分が断末魔の苦しみに沈んでしまう。混沌がはじまり、数知れぬ文明が滅亡するだろう」

「謎めいた話だな、ワストル」ケルシュル・ヴァンネは不愉快な顔で、「遠征の目的もわからないのに、そんな曖昧《あいまい》なほのめかしだけを聞いて、緊迫した状況にいるジュリアン・ティフラーや幹部たちが遠征部隊を派遣するとは思えない。もっとくわしく話してくれ、ワストル！」

「無理だ、わたしもそれ以上のことは知らないから。だが、探すものの名前であれば、いえる。〝パン＝タウ＝ラ〟だ」

「それでも名前か？」と、ヴァンネがたずねる。

けれども、ワストルに憤慨の目を向けられると、にやりと笑った。

「冗談だよ。ふつうでない響きだったから」

ワストルはプリントアウトをヴァンネの手に押しつけ、

「〝パン＝タウ＝ラ〟はたしかに、ふつうでないものを意味する」と、説明。「さて、失礼しなければ。ラヴァラルの圧力フィールドが強力になって、閉じこめられる前に」

アンドロイドはあっというまに姿を消した。

ケルシュル・ヴァンネはテングリ・レトスを見つめる。

「〝パン＝タウ＝ラ〟とはなにか、わかるか、テングリ？」

「テラの歴史書に書かれている。それ以上は知らない」と、テングリ・レトスはそっけなく、「だから、わたしが先どりしてなにかいうつもりはないし、歴史への興味不足というかたちであらわれる怠惰な精神を支持するつもりもない。人類に提示された、またこれから提示される疑問の答えは、テラで見つかる。今日の人類の先史時代のなかに……探せばの話だが」

ヴァンネはむっとして、まっすぐ前を見つめる。

しかし、レトスの口のかたさへの怒りはすぐに忘れた。球体が開けはなたれた門をくぐり、明るい恒星光に照らされたラヴァラルの地表に浮かんだのだ。地平線にスペース＝ジェットのシルエットが見える。

「やったぞ、テングリ！」ヴァンネはよろこびの声をあげた。

「この逃亡の難局がはじまるのは、スタートしてからだ」と、光の守護者は答えた。

8

難局はずっと早くにはじまった。

不可視の圧力フィールドから出る、同じく不可視の上位次元エネルギーが、音もなく惑星にぶつかる。惑星の一部がなかば非物質化し、表現しようのない〝もの〟に変わっていく。

逆流するエネルギーが惑星転送機に強烈に作用した。装置が作動し、スイッチが切り替わる。惑星はかすかだが断続的な揺れに震動した。鈍い轟きが、開いた門から地表に響く。

逆流エネルギーに捕まり、球体の五次元性エネルギーが崩壊した。またたく間に、球体を構成するのは通常次元エネルギーだけになる。浮遊することはもうできず、弾道曲線を描いて地表に落下する。

さいわいにも、テングリ・レトスが球体をわずか五メートルの高さのところにたもっていた。そうでなければ、すくなくともケルシュル・ヴァンネは墜落死しただろう。もちろん、落下はとても快適とはいえるものではなかったが。ヴァンネは前方に跳ばされ、通常次元の球体内壁に激突し、はねかえされた。放電の閃光が中空の球体にはしる。

テングリ・レトスはヴァンネをしっかりつかんだ。かれ自身は〝光のコンビネーション〟の防御バリアが自動的に作動したため、無事だった。それに、コンビネーションの半有機繊維から、つねに力が流れこんでくる。

球体は宇宙港の着陸床を転がった。テングリ・レトスが反射フィールドを作動させてエネルギー壁をつきやぶらなければ、ふたりは球体に閉じこめられていただろう。

レトスはヴァンネをかつぎ、スペース＝ジェットめがけて駆けた。

そこらじゅうの建物や地表の開口部から不恰好なロボットがあらわれる。もう動きは鈍くない。グロテスクにも見える恰好で湖に跳びこんでは、死者を次々とひきあげた。眠っているといまだに信じているのだ。

それはほとんど感動的な光景だった。ロボットたちはおのれに託された人々をすくいあげ、あちこちにひきずっては、湖にもどし、またひきあげ、どこかに横たえる。

レトスとヴァンネに気づいたロボットもあった。ふたりの退路を阻み、それが無理だとわかると、エネルギー吸収装置を作動させる。だが、装置の数がすくなすぎた。しかも、かれらの持つ上位次元エネルギーは逆流エネルギーに奪われ、成果はなにもない。

スペース＝ジェットに到達したテングリ・レトスは、開いたままの下極エアロックにはいると、ケルシュル・ヴァンネをコクピットにすわらせた。

「競走馬なみの速さだったな」ふたたび自力で立ったヴァンネがいう。

そのとき、テングリ・レトスが急にくずおれた。ヴァンネは啞然として眺める。かたわらにひざまずき、手で顔に触れると、

「防御バリアが消えている」

レトスの呼吸は浅いが、規則正しかった。コンビネーションの、銀色の繊維で織られた網目が黒ずんでいる。

「逆流エネルギーで半有機繊維が損傷したにちがいない」ヴァンネはささやいた。「たぶん、かれのからだも」

光の守護者を抱きあげ、成型シートに寝かせてハーネスをしめた。すぐに回復するといいのだが。人類を助けて重要ミッションを完遂させるべき男を死なせてしまうかもしれない。その恐怖が氷の指となってヴァンネの心臓をつかみ、意志を鈍らせる。

当然のように、アルバン・クムナーが主導権をひきついだ。すべての感情、つまりおのれの感情だけでなく、ほかの意識存在の感情も押しやり、操縦コンソールにつく。インパルス・エンジンを作動。それには片手で充分だ。もう片方の手でキイをたたいて、ポジトロニクスの入力コンソールに数値や問いを入力する。

かれの頭をとりわけ悩ませる問いがあった。その答えはコンセプトとテングリ・レト

スの運命を、そしておそらく、無数の文明の運命を決定するものになる。

その問いとは、惑星ラヴァラルをとりまく圧力フィールドには、すでに七次元性貫通コアが充満しているのではないか、というもの。さらに、スペース＝ジェットが圧力フィールドをつきぬけるさい、いやおうなしに七次元性エネルギーを帯びて制御不能となり、こちらの宇宙からべつの宇宙に飛ばされてしまうのではないか、というものだ。

〝べつの宇宙〟とは、ラヴァラルがもどるべき、まったく異なる宇宙である。

艇載ポジトロニクスがアルファ数学者のこまかな疑問に回答し、複雑な計算を実行するあいだ、アルバン・クムナーは四次元・五次元ベースで機能する探知機を使い、七次元性貫通コアの拡散効果について調べ、コアの濃度を推測。その作業をしつつ、スペース＝ジェットをスタートさせた。

スペース＝ジェットが圧力フィールドをつきぬける可能性がまったくないのなら、ラヴァラルに再着陸しようと決めている。その場合、すくなくとも、ラヴァラルが永遠の船とともに向かう宇宙にはたどりつくだろう。もし、光の守護者が生きていれば、かれの宇宙船の超技術を駆使して、自分たちの宇宙にもどれるかもしれない。

もしレトスが死んでしまえば、クムナーにはほとんど成功の見とおしはたたないものの、コンセプトだけで挑戦するしかない。永遠の船の半有機脳が自分たちを権限者と認め、半有機脳をふくめた船のすべてを使わせてくれるかどうかは疑問だが。

計算をするあいだに、総合エネルギー・エンジニア、ヒト・グドゥカの意識が出てきた。グドゥカの知識がクムナーに流れこんだおかげで、問題をよりよく理解し、圧力フィールドや七次元性貫通コアの理論を補足することができる。とてつもない危険を冒してでも圧力フィールドをつきぬける方法を、見つけだす助けになった。

ふたつの意識存在は連携して計算し、リニア・エンジンも上位次元防御バリアも作動してはならないと確認した。貫通コアから放射される変換インパルスを、自分たちにひきつけてしまうからだ。

スペース＝ジェットが秒速八百キロメートルに達すると、クムナーは慎重にインパルス・エンジンを停止。テングリ・レトスが横たわる成型シートの防御バリアを作動させたのち、自分のヘルメットを閉じ、生命維持装置の目盛りも絞った。

外に目を凝らす。なにも見えない。にもかかわらず、そこには人間の想像力でははかりしれず、計算は可能でも理解はできないエネルギーが荒れ狂っている。

それでも、宇宙のエネルギーだ。それが存在しなければ、惑星も人類も存在しない！

そのとき、氷のように冷たいなにかの気配を感じた。しかし、一瞬で消える。

次の瞬間、惑星ラヴァラルが消失。アルバン・クムナーが間接的に感じたのは圧力フィールドだったのだ。圧力フィールドはいっきに惑星に逆流し、惑星転送機に圧縮され、それによって転送インパルスが解きはなたれる。

ラヴァラルはおのれの宇宙にもどっていった。永遠の船を道連れに……

＊

ケルシュル・ヴァンネはふたたびコンセプトの主導権を握っていた。生命維持装置やほかの装置を通常値に設定。みじかいリニア飛行をプログラミングし、最大加速する。

それからテングリ・レトスのようすを見にいった。

光の守護者はいまだ意識がもどらないが、呼吸をしていることから、生きているとわかる。人間であれば循環機能を安定させる薬剤を投与するところだが、レトスにはなにもしない。ヒューマノイドの体型をしているにもかかわらず、かれの代謝は人間のものとかけはなれており、同じ処置をほどこせばアレルギー反応を起こす。

ケルシュル・ヴァンネは自分のシートにもどった。憔悴《しょうすい》しきっており、同居意識たちの疲れも感じる。精神的な負担が度を越していたのだ。眠い目でコンソールを眺めた。

リニア飛行のプログラミングのさい入力した数値を見て、はっとする。その計算だと、スペース＝ジェットが塵カバーを完全にぬけるのではなく、塵カバーの〝外側〟に出る百万キロメートル手前のポジションで通常空間にもどることになる。

自分で意図してそうしたのだろうか。それとも、誘導されたのか？

「わたしはおのれをどこまで支配できるのか。おのれの意志を、べつの力により、どこまで曲げられてしまうのか！」と、かれは小声で、「あの異質なメンタル・インパルスのジャングルに、もう一度もどりたいとは思ってない。するとだれかが、あるいはなにかが、わたしにリニア飛行をそう設定するよう強いたにちがいない」

ヴァンネはコンソールに手を伸ばし、助走飛行を中断しようとした。けれども、スイッチには触れないまま手をもどす。プログラミングを設定しなおすことが正しいのかどうか、急に不安になったからだ。

「それとも、この不安は気のせいだろうか」混乱し、苦々しい思いでつぶやいた。

オートパイロットがプログラムどおりに作動するのを茫然と見つめる。

微粒子でできた塵カバーの五十万キロメートル手前で、スペース＝ジェットは光速の九十パーセントに達した。ワリング・コンヴァーターが作動。艇は、計算上はふたつの次元のあいだに存在する無限空間に突入した。

不気味な次元間連続体のなかを短時間リニア飛行して、スペース＝ジェットは通常空間にもどる。目の前にはまだ百万キロメートルぶんの塵カバーが立ちはだかっているが、無数の星々の光をのみこむほどの厚さではない。

「どういうことだ？」ヴァンネはひとり言をいった。

一分以内に塵カバーを出るように、スペース＝ジェットを加速。

ラヴァラルの眠る者たちの死によって、塵カバーは恐ろしいほどのパラメンタル・インパルスを帯びている。ヴァンネは覚悟した。しかし、インパルスを感じない。気分がずっとよくなり、疲労はどこかに飛びさった。

「これでテラにもどれるぞ！」かれは小声でいった。

〈われわれ、あらたな仕事が必要だわ！〉アンカメラの意識だ。

〈身も心もリフレッシュして、なにかやりたいという意欲をこんなに感じるなんて、ふつうの再生プロセスではけっして味わえない！〉と、インディラ・ヴェキュリがあらわれて告げる。〈なにかが活力を充電してくれたみたい〉

〈星間物質のパラメンタル・エネルギーだ！〉アルバン・クムナーが思考する。〈塵カバーを外から内へ通過するとき、それは明らかにネガティヴに作用する。だが、内から外に向かうときは、きわめてポジティヴに作用するのだ〉

「そうとしか考えられないな」と、ヴァンネは声に出し、「年収をかけてもいいぞ。〝それ〟はこの事実を知っていて、スペース＝ジェットで塵カバーのなかを飛ぶよう、わたしに力をおよぼした。自分が今回ひきおこした間違いを、ポジティヴな結末で帳消しにしようというわけだ」

ヴァンネの意識のなかに、皮肉な笑いが響きわたった。かぎりない忍耐をもって、宇宙のかたすみで生じる発展をある方向に導くことに従事する知性体の思考や行動に対し、〝それ〟はよくこの笑いでコメントする。

笑い声が消えた。〝それ〟はなんの説明も〝してはくださらない〟が。

ヴァンネは腹だたしかった。レトスの状態が気がかりなのに、〝それ〟はまったく注意をはらわない。かれは光の守護者が横たわるシートを眺めた。そして、跳びあがる。テングリ・レトスが目を開けているではないか。

「気分はよくなったのか、テングリ？」

テングリ・レトスは、いまは血の気《ちけ》のないふくよかな唇を開いた。力ない声でささやく言葉を聞きとろうと、ヴァンネはかれのすぐ上に上体をかがめる。

「網目が！」その言葉をヴァンネは理解した。レトスは光のコンビネーションに織りこまれた半有機繊維のことをいっているのだ。見ると、光り輝くコンビネーションの一部がふたたび紡《つむ》がれている。まだ充分ではないが。「この網目が七次元性エネルギーをくいとめてくれた。有機組織のかなりの部分が死ななかったら、わたしはべつの宇宙に投げとばされていただろう。とはいえ、わたしにはそうとうなダメージだった」

レトスは目を閉じ、荒い息をついた。

ケルシュル・ヴァンネは口に出さなかった〝それ〟への非難の言葉を思考のなかにひっこめた。レトスの状態が改善したのは、塵カバーのパラメンタル放射がポジティヴに効いたためであることは確実だ。〝それ〟はこの効果も考えていたのだろう。

「なにか手伝うことは、テングリ？」

「わたしをオリンプに連れていってくれ……アンソン・アーガイリスのもとへ！」と、光の守護者はささやくようにいって、目を開ける。つかのま、弱々しい笑みがあらわれた。「アーガイリスの王国に、わたしがうけたダメージを克服し、網目の生体組織を再生するのに役だつものがある。とはいえ、一週間はかかるだろうが」

「オリンプの地下にある古代施設のことか！　ハトル人が建造したので？」

テングリ・レトスはそれには答えず、

「ミッションの準備ができたら連絡する、ケルシュル。それから、わが永遠の船をとりもどしにいこう！」

レトスはふたたび目を閉じた。

「わたしにできるなら、あなたの力になろう」と、ヴァンネ。

「おそらく、きみが必要になる」光の守護者はささやいた。目のまわりに弱々しい笑みを浮かべ、「きみたちのヘシオドスを読むのだ、ケルシュル！」

息づかいが安定し、光の守護者は眠りに落ちたとわかった。

ケルシュル・ヴァンネは自分のシートにもどり、コースをオリンプに向け……

＊

スペース＝ジェットがエネルギー性着陸システムに牽引されて、テラニア宇宙港の隣接セクターに降ろされていく。

ケルシュル・ヴァンネは宇宙港の市民用セクターに同時に着陸した大型宇宙船を眺めていた。家一軒ほどの大きな文字で記されたコード表示から、その船が遠方の植民惑星から人類を運ぶ回収船であるとわかる。

ほかのセクターには多様なサイズの宇宙船が三百隻ほど停泊していた。地下施設に通じる乗用・貨物用リフトの扉が開き、人や荷物が流れだして、宇宙船に吸いこまれていく。べつの宇宙船から降りた人々は地下施設に押しよせ、住民登録をして、住居や職場をあてがわれていた。

ヴァンネはクロノグラフに目をやった。テラ標準時三五八六年一月十一日。すると、国政選挙は十日前だったはず。ジュリアン・ティフラーが大多数の票を獲得して首席に選出されたと思ってはいるものの、結果を見るのが恐い。たいてい選挙結果というものは予測しえないから。

ヴァンネは感慨深げな視線を、宇宙港と町を隔てる大きな三日月型の壁から、テラニア・シティの町並みへと流した。かれが出発した二十日前より、かなりの数の建物が完成している。テラニア・シティは日一日と、かつての輝きをとりもどしていくようだ。老朽化した街区はとりこわされ、あらたな礎石の上、メタルプラスティック骨格のまんなかに、すでに二階部分まで建ちあがっている。

テラはかつてない輝きのなかで花開くであろう。星間帝国の政府所在惑星というだけでなく、全人類の文化の中心、故郷惑星となるであろう。

スペース＝ジェットが三日月壁のかげに沈むと、広大な建築現場が点在する巨大都市はヴァンネの視界から消えた。数分後、艇は指定の場所に着陸する。

下極エアロックを出ると、円盤型の機体のわきにグライダーがとまった。ライムグリーンの簡素なコンビネーション姿の青年が降りたち、片手をあげて挨拶しながら近づいてくる。

「プロトル・ヴァウクスです」と、自己紹介し、「ミスタ・ヴァンネ、首席テラナーの命で〝インペリウム＝アルファ〟にお連れします」

ヴァンネは会釈して、

「首席テラナー……ジュリアン・ティフラーだな？　選挙結果をまだ見ていないので、ミスタ・ヴァウクス」

「ジュリアン・ティフラー、そのとおりです」と、ヴァウクスは応じる。接近してくるグライダー二機を指さし、「あなたの艇を技術者が徹底的に点検します」

「了解！　では、行こうか！」

ヴァンネはグライダーの機内で、ジュリアン・ティフラーと会うのを待ちわびた。うれしいのはもちろんだが、テラの状況をくわしく聞けると思うと緊張する。しかし、その前に、こちらが報告をしなければならないだろう。

プロトル・ヴァウクスに案内されて、銀色に輝く金属製の巨大ブロックが置かれた部屋に向かう。このブロックは、旧ミュータントの意識存在たちが搬送体の肉体にはいる任務についていないとき、宿泊するためのものだ。

装甲ハッチの前で、ヴァウクスはヴァンネをのこして立ちさる。ヴァンネが部屋にはいると、男がひとり待っていた。

ジュリアン・ティフラーがPEW金属のブロックにもたれ、期待をこめた目をしてほほえんでいる。

「テラにようこそ、ケルシュル！　また会えてうれしいよ。ここではいろいろなことがあってね。われわれ、自由テラナー連盟を結成し、わたしが首席テラナー、ロワ・ダントンは最高テラ評議員に選ばれた。だが、くわしいことはあとからだ。きみはニュースを持ってきたのだろう」

「充分すぎるほど」ヴァンネは惑星ラヴァラルとその近傍で体験したこと、光の守護者との遭遇や〝それ〟のメッセージを報告。ワストルからもらったメモを、ティフラーにわたすことも忘れなかった。

ジュリアン・ティフラーは眉根をよせ、

「重要なミッションだな。多くの宇宙船と、さらに多くの熟練した人々が必要になるだろうが……まったく不可能だ、ケルシュル。われわれは目下のところ、数々の問題に直面していて、一隻の船も欠かすことはできない。きみはまだ知らないだろうが、われわれの友である旧ミュータントが、べつのミュータント三名の存在を感知した。テラにいるのだが、まだ明るみには出ようとしない」

「それは知りませんでした、ティフ。でも、われわれが探すもののことはワストルから聞きましたよ。〝パン＝タウ＝ラ〟です。テングリ・レトスからもヒントをもらいました。〝きみたちのヘシオドス〟を読め、というのです。なんだかわかりますか？」

ジュリアン・ティフラーが青ざめる。

「もちろんだ。きのう、科学担当評議員のペイン・ハミラーから、クレタ島で驚くべき出土品があったと報告をうけたばかり。古代の記録文書が発見され、一部分が翻訳されたのだが、そこに記された〝パン＝タウ＝ラ〟という生物あるいは物体についての部分がようやくいま、明らかになったのだ。〝パン＝タウ＝ラ〟は病原菌や、そのほか災いを呼ぶものがいっぱいにつまった容器を、先ミノア文明の上にぶちまけたという」

「パンドラの箱だ！」ケルシュル・ヴァンネが口に出す。

ティフラーはうなずいて、なにかいおうとした。だが、テレカムの呼び出し音に阻まれる。〝インペリウム＝アルファ〟からの連絡だ。興奮した男の声がスピーカーから聞こえてきた。

「首席テラナー！　ただいまルナの監視部隊よりネーサンからの警報をうけとりました。くりかえします……」

ジュリアン・ティフラーははじかれたようにＰＥＷ金属ブロックからはなれ、ハッチに急ぐ。

「いっしょにきてくれ、ケルシュル！　心配だ。あらたな災いが襲いかかってくるかもしれない」

「そんなはずはないでしょう」ヴァンネは小声でいい、ジュリアン・ティフラーのあとを追って部屋を跳びだした。

あとがきにかえて

青山　茜

大先達松谷健二先生の翻訳に、『Uボート』ロータル＝ギュンター・ブーフハイム著（早川書房／ハヤカワ・ノヴェルズ）がある。世界中で百五十万部以上発行されたそうだ。映画化もされており、ご覧になった読者の方も多いと思う。

Uボートとは、いうまでもなく潜水艦Unterseebootのこと。強大な英海軍が立ちはだかる中、ドイツ海軍がとれた唯一の有効な作戦が潜水艦による通商破壊戦で、島国である英国への海上輸送を阻止することで全体の戦いを有利にしようという考えであったといわれている。古くは第一次大戦でも採用され、第二次大戦ではまさにドイツ海軍といえばUボートというくらい、大西洋から地中海、黒海、さらにはインド洋へと広く展開された。

しかし、現在の原子力潜水艦のように一旦潜行すれば何週間も浮上せず作戦が遂行できるというようなものではなく、通常は水上をディーゼルエンジンで航行し、敵に遭遇したときに身を隠すために浅く潜って水中を電気モーターで進むという〝可潜艦〟であり、また、浮力を保つための外殻のどこかに穴が空いたら沈没してしまう、大変脆弱な構造であったようである。『Uボート』の記述を引用すれば「いわば、浮き環で水面に浮かんでるようなものだな」（『Uボート』78頁）

戦争初期は、英国の軍港に進入して戦艦を攻撃するなど、本来の任務である大西洋航路の商船相手に大きな戦果を上げている。しかし、商船団に強固な護衛がつき、レーダーやソナーが発達し、また、航空機による哨戒・攻撃が行なわれるようになると、損害が激増して困難な状況となっていった。要は、非武装・低速の商船相手なら勝てるが、大量の駆逐艦や爆撃機には正面からは本質的には対抗できないものなのだ。ものの本によれば、Uボートの乗り組み員は三万九千人、そのうち三万二千人が還らなかった。五人に四人が戻らないという驚くべき数字だ。

私は乗り物は大体好きな方であるが、潜水艦に乗って海に潜ってみろといわれるならば、少々躊躇してしまう。もとより閉所恐怖症の人は到底耐えられないだろう。狭いし、電気が消えたら真っ暗（当たり前）、外に出られない、万一の際には海水がなだれ込んできて水没、深海の底へ、と考えるといささか絶望的だ。

平和な状況においてさえ想像すると怖いことが多いのに、戦力的に劣勢な中、勇気と団結心で出撃していった潜水艦乗りには深く敬意を表したいというか、あまりにも勇敢すぎて、讃える言葉すら見当たらない。

かつて、現存するUボートを見に、音楽隊で有名なブレーメンから一時間くらいのブレーマーハーフェンに行ったことがある。現地は公園のように整備されており、とてものどかな雰囲気だった。U２５４０という大戦最後期の21型潜水艦で、映画に出てくる標準的なUボート（Ⅶ型）よりは少し大きいのではないか。明るいグレーで塗装され、全体に流線型を意識しているのか現代の潜水艦の形状に近い。艦内も綺麗に維持されていた。WILHELM BAUERと名付けられ、鼻先を水面上に出して潜っているゾウがエンブレムとなっている。静かに繋がれているゾウさんのようで何となく頼もしい感じがしたが、実際にしつこい駆逐艦や急迫する爆撃機の下での乗り組みは、生き抜くために不屈の闘志を必要としただろう。「艦長帽が吹きとぶまであきらめんこと——古いきまりさ」（457頁）

現存のUボートとしては、このほかに、北ドイツのキールに、Ⅶ型のU995が保存されているとのことであり、キールという街自体にも興味があって、いずれ機会があれば是非行ってみたいと思っている。

ところで、大作『Uボート』の松谷先生のあとがきに、「じつは、これほど苦労させられた翻訳もなかった。（中略）数行の暗号解読に一日かかったこともあった。いまとなればそれもたのしい思い出だが」（503頁）とある。大先達でも翻訳に苦労されたことがあるのかと思うと、日々翻訳に呻吟している側として少しだけ気が楽になる。

さて、なぜ潜水艦の話なのかというと、前々から、宇宙船と潜水艦は、狭くて外に出られない、一ヵ所にでも穴が空いたら大変、基本的に運命は船長（艦長）任せなど、乗っている人にとっては状況は似ているのではないかと思っていた。もちろん巨大宇宙船、巨大潜水艦ともなれば〝狭い〟という難点は解消されるかもしれない。安全の度合いも改善されるだろう。いつの時代でも、人類の勇気や探求心が、様々な困難を乗り越える原動力だと思う。立派な船長さんの下、庶民でも巨大宇宙船で気楽に宇宙に出かけられる日が来るのを待っている。

訳者略歴　ドイツ文学翻訳家　訳書『インテルメッツォからの逃亡』マール&エーヴェルス（共訳），『ハルトの巨人たち』マール&フランシス（共訳）（以上早川書房刊）他多数

HM=Hayakawa Mystery
SF=Science Fiction
JA=Japanese Author
NV=Novel
NF=Nonfiction
FT=Fantasy

宇宙英雄ローダン・シリーズ〈428〉

精神《せいしん》スペクトル

〈SF1860〉

二〇一二年七月　十日　印刷
二〇一二年七月十五日　発行

（定価はカバーに表示してあります）

著者　エルンスト・ヴルチェク　H・G・エーヴェルス
訳者　青山《あおやま》茜《あかね》
発行者　早川浩
発行所　株式会社早川書房

郵便番号　一〇一 - 〇〇四六
東京都千代田区神田多町二ノ二
電話　〇三 - 三二五二 - 三一一一（大代表）
振替　〇〇一六〇 - 三 - 四七七九九
http://www.hayakawa-online.co.jp

乱丁・落丁本は小社制作部宛お送り下さい。
送料小社負担にてお取りかえいたします。

印刷・信毎書籍印刷株式会社　製本・株式会社川島製本所
Printed and bound in Japan
ISBN978-4-15-011860-0 C0197